The Mourning Dove

Larry Barkdull

ナゲキバト

ラリー・バークダル

片岡しのぶ＝訳

あすなろ書房

The Mourning Dove

THE MOURNING DOVE

by Larry Barkdull

●

カバー装画／坂井 治　本文カット／多田 順

The Mourning Dove

The Mourning Dove

第1章

祖父との暮らし

ミシシッピー川のほとりに、ハニバルという町がある。あの『トム・ソーヤーの冒険』の舞台になった小さな町だが、私の名前ハニバルは、ここからもらったものだ。トム・ソーヤーの好きな祖父がつけてくれた。

私は九歳のときに両親を交通事故でなくし、祖父にひきとられた。それは、一九五九年の春。長かった冬が終わり、ようやく雪がとけてチューリップが咲きはじめていた。

私は祖父の次男の息子だった。祖父の名はポーター・ヒュイッシュ。友人たちからはポートと呼ばれていたが、私はポップ（おやじさん、の意もある）と呼ぶことにした。祖父が、みんなそう呼んでいるよ、おまえもそうしなさい、と言ったからだ。「みんな」というのは、私のいとこや、おじ、おばたち——五十をこえた人もいた——のことだったろう。とにかく、だれが言いだしたにせよ、祖父はポップという名で通っていたのだ。祖父と私はたいそう気が合った。

祖父はアイダホ州の州都ボイジで暮らしていた。私がひきとられたのは両親が死んだ三日後だ。若いころ、祖父はさまざまな商売をしていたらしい。農業の経験もあれば、工事現場で働いたこともあり、短期間保安官代理をつとめたこともあったというが、このころは、モップやブラシの行商をしていた。だから、ぼくも大きくなったらモップ売りをやろう、そうでなかったら魚を釣って売るんだ——そう私はきめていた。

週に二日、祖父は私を連れ、小型トラックに掃除用具を積んで、ボイジ周辺の工場をまわった。おとくいさんのいる工場まで来ると、車をとめて、「おーい、モップ屋だ！」とどなるのが彼のやり方だった。ふつうなら、「こんちは」とか、「おじゃましますよ」などとあいさつするところだろうが、祖父の声が聞こえると、男たちが油でよごれた手をふきふき、よく来たな、というように笑いながら出てきて、しばらく立ち話をし、最後にはなにか買ってくれた。

祖父はアメリカ中南部、アーカンソー州にあるガードンという田舎町で生まれ、そこで育った。身長は一八〇センチほど。骨太で、いくらかふとっていたかもしれない。足が弱くなってからは、歩くときは杖《つえ》を突いていた。波打ったみごとな白髪に、やはり真っ白なひげを生やし、そのひげを形よく刈りこんでいた。人に会うときは、かならずフェルト帽をかぶって出かけた。思い出の中の祖父はいつも笑っている。無骨な田舎者だったが、心のあったかい、ほんとうにいい人だった。

祖母は祖父と同郷だったが三年まえになくなっていた。いっしょに暮らす家族に先立たれ、一人残されたという意味では、祖父は私とおなじ境遇だったろう。祖母は、昔祖父といっしょにここ北部へとやってきたころは、南部なまりを気にしてなおそうと苦労したそうだが、祖父はまったく気にしなかった。

私は祖父の南部なまりがとても好きだった。祖父の家で暮らしはじめた年、私は夜よく泣いた。そんなとき、祖父はとんできて、太い腕に私を抱き、ガードンの町で暮らした子どものころの話をしてくれるのだった。祖父の南部なまりを子守り歌のように聞きながら眠りに落ちていったのが、なによりなつかしい思い出だ。

祖父は話がうまかった。話のじょうずな人のことをストーリーテラーと言うが、祖父はヤーンスピナー（糸をつむぐ人、の意もある）と言っていた。そして、話をはじめるまえに、どういうわけかかならず、「よし、にらめっこだ、勝つのはどっちだ？」と言うのだった。どちらが勝つかといえば、それはもう、祖父にきまっていた。私も必死で変な顔をしてみたが、とうていかなわなかった。だいたい祖父は、鼻ひとつとっても赤くてでかく、見ればそれだけで笑いだしたくなるようなおかしな顔をしていた。そのうえ、にらめっこの年季も入っていたにちがいなく、九つの私に勝ち目はなかった。鼻と耳ばかりは年とともに成長する、という話を聞いたことがあるが、祖父はその生き証人だったかもしれない。

さて、勝負がつくと、祖父は、「どうだ、まいったか」と言いたげに、にんまりしながら揺りいすにどっかりすわりなおし、どこか遠くのほうを見るふりをする。そのうち、口の両端がちょっと持ちあがる。私に語って聞かせようとしている話があまりにもおかしいので、考えるだけで笑ってしまうよ、というように。それが、ガードン時代の昔話がはじまる合図だった。

祖父の家は、いつもきちんと片づいていた。小さな家で、祖父の寝室と私の寝室、せまい台所、暖炉とテレビのある居間、石炭用ボイラーのある地下室、それだけだった。

さて、地下室だが、私はこの地下室が怖かった。追いはぎや人殺しは地下の窓から入ってくるものだ、地下室はそういう恐ろしいものの隠れ場所だ、と思いこんでいたからだ。おりていったら殺される――九つの私は真剣にそう信じていて、けっしておりていかなかった。地下室は暗くて、ボイラーがときどきうめくような変な音をたてた。そういう薄気味悪い場所を探検してみたいとだれが思うだろう？

それより、私の興味をそそるものはほかにあった。暖炉の上の棚に置かれた小さな箱。きれいなもようを彫りこんだオーク材の箱で、あんな高いところに置いてあるからには、特別だいじなものにちがいない、うんと高価なものかもしれない、と私は考えた。だが、祖父はその箱を話題にしなかったし、私の前で開けたこともなかった。

いちど、なにが入ってるの、ときいたことがある。すると祖父は、宝物をしまってあるんだよ、と答えた。とにかくその箱は、居間のよく見える場所に、りっぱな骨董品《こっとうひん》でもあるかのように飾られていて、浮き彫りもようのみごとなことといったら、どこかの名人が作ったものにちがいないと思われた。ヤナギの葉のようなほっそりとした蝶《ちょう》つがいがふたのへりにそってついており、正面の留め金は金色だった。

手のとどかない場所に置かれたその箱に、私の好奇心はもうれつにそそられた。のちに私はその好奇心のせいで、あやうく死にかけ、この人生で最大の教訓を手に入れることになる。

祖父と私との暮らしは楽しかったが、近所に住んでいるのは祖父と同年代の人ばかりだったから、私には遊び友だちがいなかった。それでも、カエデの巨木だとか、空き地だとか、野原だとかのおかげで、ひがな一日、たいくつせずに遊んでいた。

アイダホには川や湖がどっさりある。祖父と私はときどき釣りに出かけた。釣って帰った魚は、祖父がアーカンソーふうに料理し、その晩はごちそうだった。

狩りには連れていってもらえなかった。祖父は十二ゲージの散弾銃を持っていたが、「遊びで狩りをするのは人間のいちばん嫌なところだ。動物にも生きる権利がある。遠くから見ているのはかまわないが、手を出すのはいけない」と考えていた。九つの私はその考えには賛成できなかったが、いくらせがんでも、祖父は、狩りはいけない、と言うばかりだった。そのくせ、聞かせてくれる話の中に、「若いころ、猟犬を育てていた。その猟犬を連れて月の出ている晩にアライグマ狩りをしたものだ」というのがあった。それを聞くと、ぼくも月夜のアライグマ狩りをやってみたい、と思ったものだ。とにかく、祖父は、もう動物は殺したくないという心境になっていたのだろう。そのうち、狩りの話も出なくなった。私があまりむちゅうになるので、やめてしまったのだと思う。

夏のある日暮れのことも忘れられない。私は家のそばのカエデの木に登り、ひざや足首でぶらさがって遊んでいたが、そのうち、ズボンを枝にひっかけ、頭からさかさまに落ちてしまった。気がつくと、私は母を呼びながら泣き叫んでいた。その声で祖父がとんできた。そして、私をかかえあげ、家に連れて入った。さいわいにも、あざができただけでたいしたことはないとわかったが、頭を打った人間をすぐ眠らせてはいけないと知っていた祖父は、私が寝てしまわないように夜中まで次々におもしろい話をしてくれた。

夜ふけ、私は両親が恋しくなった。

「ぼくね、父さんと母さんがお棺の中に入ってるとこ、見たよ。いつもとおんなじに見えたけど、ふたりとも動かなかった」

祖父はどこか遠いところを見るような目をした。

「覚えているよ」

「ポップ、人は死んだらどこへ行くの？」

「命をくれた神さまのところへ帰っていくんだろうな」

「そこでも、生きてたときと、おんなじ顔？」

「そうだと思うよ」

「ときどきね、父さんと母さんがどんな顔してたか、どんな声だったか、思い出せないような気がするんだよ、ぼく。父さんたちも、ぼくのこと、忘れたかな？」

「そんなことはない。いいかい、ハニバル」祖父は静かな声で言った。「父さんと母さんは、おまえのことを今でもかわいいと思っているよ。これからも、ずーっと、いつまでもね」

「ぼくが忘れちゃっても？」

「産んでくれた人、心からかわいがってくれた人のことを忘れるなんて、そんなことはありっこないよ、ハニバル」

「ポップ、ポップは死なないよね？」

私は祖父のひざの上で体をまるめた。
その夜、祖父はいつまでも私を抱いていてくれた。

The Mourning Dove

第2章

ジョンソンじいさんのお告げ

まじめくさった顔でしばらくだまっていた祖父が、急に低い声で笑った――とてもじゃないががまんできんよ、というように。そこで私はたずねる。

「なにがおかしいの?」

「ジョンソンじいさんがお告げを聞いた話は、したっけかな?」

それはとっくに聞いた話だったが、私は知らないふりをする。

「してない。聞かせてよ」

祖父は話に熱中すると、南部なまりがだんだん強くなるくせがあった。

「そうか。子どものころ、ガードンの町にそういう名前のじいさんがいたんだよ。このじいさんが、りっぱなラバを買ったんだ。で、じいさんが言うには、『こいつは人間の言葉をしゃべるんじゃ』。うちのおやじはそんな話は信用しなかったが、ちっとばかりのほらはどうってことない、と思っていたらしい。とにかく、ジョンソンじいさんはこのラバにめったやたらに惚《ほ》れこんだ。動物をあんなにちやほやする男はちょっといないね。

さて、ジョンソンにはおかみさんがいた。そのおかみさんだが、ラバのことでかんかんに怒った——ラバのせわばっかりして、あたしのことはほったらかしだ、と言ってね。ところが、おかみさんのまくしたてる文句が、じいさんにはさっぱり聞きとれない。それというのも、おかみさんは入れ歯でね。よろずやで買ったばかりの入れ歯が、まだよく口に合っていなかったんだ。じいさんは、おかみさんがヒステリーを起こしてるわけを知りたいとは思ったが、それより、口を開けるたんびに入れ歯ががくがく動くのに気を取られ、そこばっかり見てた。

おかみさんはますます怒った。そうして、もっと文句を言おうとして大口を開けたひょうしに、入れ歯がとび出してな。じいさんの足もとに落ちたんだよ。じいさんは、亭主の足もとに入れ歯を吐きだすなんて女房の道にはずれとる、と説教をたれると、ラバと話をしに納屋へ行ってしまった。

おかみさんは、町じゅうに聞こえるような大声で、ラバとわたしとどっちがだいじなのさっ、とわめきちらした。どっちがだいじだったかっていや、そりゃもう知れたことさ。その証拠に、あくる朝、おかみさんは家を出てった。それっきりどうなったか、だれも知らないね。

ところで、ジョンソンじいさんは、まっこと信心深い男だった。夏の特別伝道集会にはかならず出て、懺悔《ざんげ》もきちんとやっとった。わしら子どもも集会には出た。見物するためにだよ。なにしろテレビもなにもないころだから、いい気晴らしだったのさ。ジョンソンじいさんはときどき神がかりになって、おかしなことをべらべらしゃべりまくった。ラバもしゃべった——らしい。らしいというのは、じいさんがそう言ったというだけの話だからね。

ある晩、集会のあと、すっかりのぼせあがったジョンソンじいさんは、ラバのやつに聖書やら祈禱書《きとうしょ》やらのありがたい文句をたっぷりと聞かせてやった。さて、あくる朝だ。寝ていたわしらは、じいさんのわめき声で起こされた。

『ヒュイッシュ！　ジョーゼフ・ヒュイッシュ！――ジョーゼフというのはおやじの名前だよ――出てこーい！』

　おやじは跳ねおきて、窓から外を見た。これじゃ、じいさんはまた頭に血がのぼって失神するかもしれん。そうしたら人工呼吸のひとつもしてやらにゃならん。おやじはじいさんの気を鎮めようとした。

『エイモス、ちょっと入って、休んでいかんかね』

　じいさんは入ってきたが、休むどころの話じゃない。腕をぶんまわしてまくしたてた。

『ジョーゼフ、おらはな、お告げを聞いたんだわ。牧師になれっちゅうお告げをな』

『なんだって？』

『嘘《うそ》じゃねえ。こいつが嘘なら、ばちがあたって舌がくさっちまっても文句は言わねえよ』

　ばちならもうあたってるんじゃないか、とわしらは思ったが、だまって聞いとった。

『けさな、うーんと早くに、おらのラバにえさをやりに行っただ。そうしたら、あんたらは信じまいが――そのとおり、信じなかったがね――、ラバはおらの顔を真ーっすぐ見ただ。そんで、尻《しり》っぺたをついて、前脚をこう高く上げて、言うただよ』」

そこで、祖父はラバのまねをした。顔を天井に向け、のどを見せて、変てこな声で、

「じょホーんそーん、ぼホーくしになれえ！　うヒー！　せへーっきょうをしヒにいヒけへえ！」

祖父も私も吹きだした。涙が出るまで笑いころげた。笑いはじめると、どっちもとまらなかった。こんなぐあいに、祖父はおかしな話をいくつもした。ふたりは腹をかかえて笑い、しまいには横腹が痛くてどうにもならなくなったものだ。

大人になった今、人生のつらさに負けそうになると、私はあのころを思い出す。祖父のおかしな話、死ぬほど笑ったこと、父母のいない寂しさも忘れてにらめっこにむちゅうになったあの日々を。すると、一瞬、私は祖父のいたあの家にもどり、祖父の大きな愛につつまれた無邪気な子どもにもどるのだ。

The Mourning Dove

第3章

巣の中のヒナ

六月、学校が夏休みになってまもないある日、隣家にチャーリー・ベネットが越してきた。チャーリーは私より年はふたつ上で、学年は一年上だった。ということは、ほかの子より一年おくれていたということだ。

年はちがっても、友だちに飢えていた彼と私は、あっというまに仲よくなった。その夏は外でばかり遊んだような気がする。いちど、チャーリーの家に遊びに行ったことがある。だが、それっきり、彼は「おいでよ」と言わなくなった。そのわけは、子どもの私にもすぐにわかった。

チャーリーと父親の暮らすそのぼろ家は、暗くて、酒くさかった。父親は、息子が「友だちを連れてきたよ」と話しかけるのにろくに耳も貸さず、口汚なくののしりながら寝室に入ってしまった。チャーリーは恥ずかしそうな顔で、「外で遊ぼうか」と言い、私も「そうしよう」と答えた。

チャーリーの父親のヘンリー・ベネット氏は、幼い私の目にはこの世のだれよりも恐ろしく見えた。いつも垢《あか》じみて汗くさく、ぎょっとするほど醜い顔に不精ひげを生やし、昔けんかでもしてへし折られたのか、鼻柱がひんまがっていた。べとついた黒い髪はくしを入れたこともないようにもつれ、額の生えぎわから右のまゆまで、ぎざぎざの傷跡が走っていた。

チャーリーはこの父親によく折檻《せっかん》されるらしく、みみずばれやあざをこしらえていることがあったが、どうしたの、ときくと、ころんだのさ、などと受けながした。それでも父親のどなり声が聞こえると、彼の顔から血の気がひいた。そんなとき、彼と私は、恐ろしい後ろ姿が家の中に消えるまで、物陰にうずくまって息をひそめていたものだ。

祖父は、ベネットさんは気の毒な人だ、気にしなくていいよ、なるべくそばに寄らないようにして、チャーリーと楽しく遊びなさい、と言った。それは賢い助言というものだったろう。もちろんチャーリーと私はその年ごろの男の子らしく愉快に遊びまくったが、ぼろ家の窓辺に黒い人影がぬーっと立ってこちらを向いているときなど、私はやはりびくびくせずにはいられなかった。

そのころのボイジ市はまだひなびていて、町なかに農地があったりした。祖父の家とは地続きのデイヴィーズ家も小農家で、夫婦で五エーカーほどの農場をやっていた。馬一頭、ニワトリ数羽、豚数頭、それにガートルードという名前のジャージー種の牝牛《めうし》を飼っていて、デイヴィーズ氏が日に二回乳しぼりをしていた。

チャーリーと私は、家畜のえさやりとか、ちょっとした手伝いをさせてもらうようになった。乳しぼりもやらせてもらったことがある。これは大失敗で、酪農家の素質はないとわかってしまったが、デイヴィーズ夫妻はそんなへまをしたからといって叱《しか》るわけでもなく、自分たちの農場で自由気ままに駆けまわる男の子ふたりを笑って見ていた。孫のいない夫妻の目に、チャーリーと私は孫のように映っていたのかもしれない。

とにかく、チャーリーと私は家族のようにあつかわれ、そのうち「子牛を一頭ずつあげるから、育ててごらん」とまで言ってもらった。私は自分の子牛にオスカーという名前をつけ、チャーリーはマイヤーという名にした。

なんと楽しい日々だったろう。祖父は私がチャーリーと仲よくなったのをとやかく言わず、ふざけすぎると叱《しか》ることはあっても、あとはふたりが遊びたいだけ遊ぶのを放っておいてくれた。

オスカーとマイヤーの囲いのそばに干し草置き場があった。ここの干し草の山が、チャーリーと私の「砦《とりで》」だった。二十梱《こり》ぐらい積んだ干し草のてっぺんに立つと、まわりの景色がよく見えたし、むし暑い夏の真昼でも涼しい風がときどき吹いて気持ちがよかった。チャーリーと私は、干し草の底のほうからもぐって、まがりくねったトンネルをこしらえ、てっぺんまで登れるようにした。トンネルはほかにも作り、そっちをもぐっていくと階段式に積んだ干し草のてっぺん近くの段の上に出た。そこで、「バンカーヒル（ボストンにある独立戦争の戦場）の戦い」ごっこをやったものだ。戦いといってもルールは単純で、そこからてっぺんによじ登り、突きおとされたら負け、突きおとされなかったほうが王さま、というものだった。年が下で体も小さかった私はいつも負けていたが、チャーリーは兄貴分にふさわしく、私にも王さま気分を気前よく味わわせてくれた。昼からは、近くを流れる灌漑《かんがい》用の水路にとびこみ、遊びつかれてほてった体を冷やしたものだ。

チャーリーは狩りが好きで、父親とよく出かけていた。不思議なことに、あの父親とでも狩猟だけはいっしょにできたようだ。チャーリーは、銃身の長い、ほれぼれするような二十二口径のライフル銃を持っていて、私もときどきいじらせてもらい、空き瓶やら木の枝やらを撃っていた。祖父にはないしょで。チャーリーは、「空き瓶なんか撃ったっておもしろくない。ほんものの狩りに行こう」と私をそそのかした。祖父がなんと言うかわかっていたから、口実を作って誘いにはのらなかったが、ほんものの狩りに行くことを想像するとわくわくした。実際、自分が狩りをしているところ、ほんものの猟師のように獲物を仕留めているところを、どれほど思いえがいたことか。

チャーリーのライフル銃で遊んだ日、家に帰ると、ボイラー室への降り口までこっそり行って、散弾銃をしまってある地下の物入れをじっと眺めたものだ。怖くさえなかったなら、おりていって手に取ってみたにちがいない。だが、地下室におりるくらいなら死んだほうがましだった。

だが、チャーリーは、「行こう、行こう」と言うのをやめず、いっぽう私の意志もゆらぎはじめた。ポップを納得させるにはどうしたらいいだろう？

あの手この手を考えているうちに、ある日、うまい口実を思いついた。それは、カラスが畑を荒らしているからやっつけなくちゃ、というものだった。

うまいぞ。ぼくがそう言えば、ポップは、きっとこう言う。「そりゃいけない。さっそくあの銃をかついでいって、悪いカラスを撃ってきなさい」って。今夜の食事のときに言ってみようかな……。

私は芽キャベツが嫌いだった。ところが、芽キャベツはよく食卓に出た。その晩もそうだった。しかたなくフォークで突つきまわしていると、あの話をしたら食べる元気が出るかもしれない、という気がした。そこで、思いきって言った。

「ねえ、ポップ。畑にカラスがいっぱい来てるの、知ってる？」

「いいや、知らなかった」

祖父は平然として芽キャベツを口に入れた。

「トウモロコシやなんか、どんどん食べてるよ。放っといたら、全部食べられちゃうんじゃない？」

祖父は顔を上げて私を見た。今思えば、私の頭の中をちゃんと見抜いていたにちがいない。

「どうにかしたほうがいいよ、ポップ。撃ちに行こうよ。一回くらい、いいでしょう？このまんまじゃ、作物がみんなやられちゃうもの」

どうだ、言ってのけたぞ。

祖父はいすの背にもたれて、私の顔をじっと眺めた。

「チャーリーは銃を持っていたっけな？」

私は口ごもった。

「う、うん、ちっちゃいやつだけど」

「で、チャーリーは鳥なんかを撃ちに行くんだね？」

「そう。二回ばかり行ったみたい。お父さんと」

祖父はしげしげと私の顔を観察した。

「カラスが悪さをしてるとほんとに思うのかい？」

「思うよ！　思う！　ポップ、あいつらが畑を食いあらしてるとこ、ポップが見たら！」

「わかった」祖父は私の皿に残っている二個の芽キャベツを指さして、食べてしまいなさい、という身振りをした。「あした、起きたらすぐに、わしの銃を持って追っぱらいに行こう」

私は有頂天になった。こんなにうまくいくなんて！　跳ねまわりたい気分だったが、もちろんそんなことはしなかった。いよいよ、行くんだ！　今夜は、きっと眠れないぞ。その予想はあたった。

あくる朝早く、私は、まだ寝ている祖父を起こしに行った。

「出発の時間だよ！」

「まあ、待ちなさい」祖父は眠そうな声を出した。「下からわしの銃を持っておいで。それから、朝食の用意をたのむよ」

銃を持ってくる？　つまり、ボイラー室へおりてくってことか！

「うん。なにか食べなくちゃね」

私はおとなしく答えた。

年をとると、だれでもさっさと動けなくなるらしい。トイレに入ったと思うと出てこないし、新聞を読むのにも、食べるのにも、時間がかかるったらない。おまけに、歯まで磨きはじめた！

「早くしてよ、ポップ！」私はせきたてた。「お日さまを見てよ。カラスがどっかへ行っちゃうよ」

やれやれとばかり、祖父は銃を取りにボイラー室へおりていった。

暗い地下から祖父が無事にあがってくるまで、私は息を殺して待った。よかった！　死なないでもどってきた！　祖父は薬室を開けて弾が入っていないのをたしかめると、銃を私によこした。

「それじゃあ、行こうか」

散弾銃は思ったより重かった。おまけに、とても持ちにくかった。祖父は私が難儀しているのに気づくと、「重いほうを左腕でかかえなさい。右腕をこうまげて、まげたところに細いほうを置いてごらん」と教えてくれた。言われたようにしてみると、たしかに歩きやすくなった。

トウモロコシ畑が近づくにつれ、私はどきどきしてきた。とうとう、来たんだ！　カラスはどこだ？　私は畑と空を見まわした。祖父をだます口実を考えているうちに、カラスがほんとうに畑を荒らしていると自分でも信じるようになっていた。実際、思いこみの力というのはすごいものだ。人間は、必要にせまられると、自分のついた嘘《うそ》でも信じてしまうのだから。

祖父と私は黄色い海のようなトウモロコシ畑に入っていった。そして、うね伝いに歩いていき、向こうの端に行きつくと、もういちどもとの場所にもどった。三度めには、カラスなどどこにもいないということがはっきりわかった。畑のまわりをめぐってみたが、やっぱりおなじことだった。

とうとう、祖父が言った。

「ひと休みしようかね」

大きな日陰を作っている木を見つけて腰をおろし、祖父と私は幹にもたれた。

「がっかりしているんだろうね？」

そのとおりだったが、私は返事をしなかった。

「どれ、よこしなさい。教えてやろう」

それから三十分ほど、祖父は散弾銃の仕組みと撃ち方をていねいに手ほどきしてくれた。手をそえてもらいながら、私はさまざまなものを狙《ねら》って引き金をひいた。カチッ！　弾は入っていなかったが、入っているつもりで。

やがて私はその遊びにむちゅうになり、祖父は顔に帽子をのせて眠ってしまった。

そうやって十五分ほどすぎたろうか。突然、なにかの動く気配がした。左手のほうでネズミでも走るような、カサコソという音がしたのだ。音はすぐにやみ、それっきり静かになった。ゆっくり、顔をそっちに向けてみた。なにもいない。私は凍りついたようにじっとしていた。昼まえののどかな畑で、祖父の寝息だけが聞こえる。

あっ、まただ！　さっきとおなじ、草のこすれるような音がした。それでも、やはりなにも見えない。私はじっと目を凝らした。

一分ほどすぎた。と、灰色と茶色のまじった、胸だけぼうっとピンクがかった鳥が、危険は去ったと思ったのか、目の前三十フィートばかりのところにある柵《さく》のそばにあらわれ、支柱にとまった。

カラスではなく、見たことのない鳥だった。私は考えた。銃を持ってポップといっしょに鳥を撃ちに来るなんて、これっきりだぞ。それなのに、ポップは寝ている。声を出したら、鳥は飛んでいってしまうだろう。

肚《はら》はきまった。スローモーション・フィルムのように、ゆっくりと銃に手をのばし、手もとにひきよせた。祖父のベストのポケットからそうっと弾を取りだした。弾のこめ方は、祖父に教えてもらったおかげでちゃんと頭に入っていた。教わったとおりに弾をこめ、薬室をきちっと閉め、安全装置をはずした。やわらかい土の上にそろりそろりと腹這《はらば》いになり、音をたてずに銃を持ちあげると、手ごろな石ころに銃身をのせた。

その後がむつかしかった。いよいよその時が来たのだ。銃身を押したり、ひいたり、上げてみたり、下げてみたりしたあげく、ようやく銃身の延長線上に鳥が見え、頭にぴたりと照準が合った。胸の奥まで息を吸いこみ、ゆっくり吐きだした。突然、なにに驚いたのか、鳥は向きを変えて私を見た。同時にものすごい爆発音がとどろいた。衝撃で体が後ろに跳ねとび、鋭い痛みが肩を走った。祖父がとびおき、立ちあがった。

「ハニバル！　どうした？　けがをしたのか？」

一瞬、私はなにがなんだかわからず、煙の出ている銃口と三十フィート先の柵《さく》の支柱をかわるがわる眺めた。鳥はいなくなっていた。勝利感が体じゅうにひろがり、頭がくらくらした。

「やった！　ポップ！　撃ったんだ、鳥だよ！」

祖父は口もきけなかった。立たせてもらい、服のほこりを払ってもらうのももどかしく、私は仕留めた獲物を見に走った。祖父は銃の薬莢《やっきょう》を取りのぞくと、無言でついてきた。

私はあたりを探しまわり、それから、ぎくっとして立ちどまった。足もとに美しい羽のかたまりがあった——ぐんにゃりとなった鳥の死骸が。体長は二十五センチくらい。くちばしがほっそりとして、黒っぽい尾羽の先が白い。

ひざをついて、両手で持ちあげてみた。長い首ががくんと垂れ、温かいものが指の間をしたたり落ちた。私は祖父を見上げた。得意顔で笑ってみせるつもりが、笑うどころか、吐き気がした。

祖父は静かに立っていた。

「ナゲキバトだよ。近くに巣があるんだろう」

祖父の言ったとおり、茂みの陰に巣があり、腹をすかせたヒナが二羽、くるったように啼《な》いていた。巣はうまく隠してあったが、どれほどカムフラージュしようが、あんなに啼きたてては、巣のありかを教えているのとおなじだった。

どちらのヒナもやわらかい羽毛が生えはじめていて、そばに寄っても怖がらない。人間は怖いものだということをまだ知らないのだろう。手をのばすと、体の大きいほうが胸をふくらませ、突つこうとした。小さいながらも自分の巣ときょうだいを守ろうとする闘志は見上げたものだった。

「さわるんじゃない、ハニバル」祖父の声がした。「一羽は生き残れるだろう。だが、父親鳥だけで二羽を育てるのはむりだ」

私は胸に焼け火箸《ひばし》を突っこまれたような気がした。そうか、ぼくは母さん鳥を殺したんだ！

「どっちにするか、きめなさい」

私の肩に手を置いて、祖父が言った。なにをきめなさいと言われたのか、私には理解できた。なんとのっぴきならない立場に置かれてしまったものだろう。私は茫然《ぼうぜん》とした。祖父は、一羽を生かすためにはもう一羽を殺すしかない、と言ったのだ。父親鳥には、自分だけで二羽とも育てる力はない。

私はのろのろと巣のそばにしゃがんだ。それから、とほうにくれて祖父を見上げた。祖父は手を出さず、だまって見ている。私の目に涙があふれた。一羽を取りあげ、すすり泣きながらささやきかけた。自分のしようとしていることがたまらなく悲しかった。

涙でよごれた顔を祖父に向けると、私は手に持ったヒナを見せた。

「こっちにする」

祖父が手伝ってくれないのはわかっていた。手伝ってもらうべきでないことも、わかっていた。祖父は、痛みをともなわない手早いやり方を教えてくれた。

私は教えられたとおりにした。ふと見ると、祖父が母鳥の死骸を持っていた。

「家に持って帰りたいわけじゃなかろう？」

「持って帰りたくない」すると、また涙が出た。「赤ん坊鳥といっしょに、ここに埋めてやるよ」

祖父と私は巣のそばの地面を浅く掘り、鳥の母子をならべて寝かせた。手についた母鳥の血は、こすっても取れなかった。祖父はなにも言わなかった。無言の教えは痛いほど胸にしみとおり、それ以来、けっして忘れたことがない。

すべてが終わると、祖父は銃をかつぎ、私の肩を抱いて、家へともどりはじめた。連れ合いをなくした父親鳥の悲しそうな啼《な》き声がいつまでも聞こえていた。

The Mourning Dove

第4章

銀の星

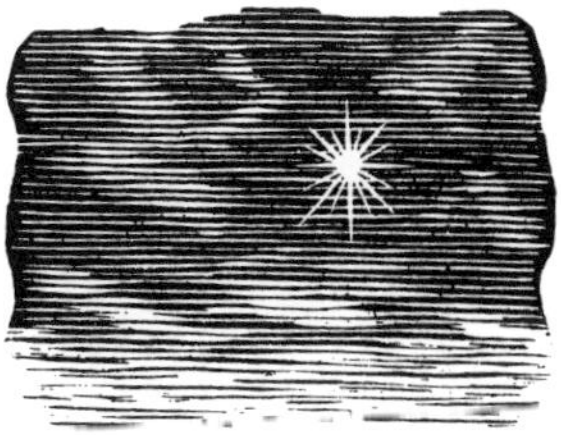

火曜日と金曜日は行商に行く日ときまっていた。六月の最後の火曜日、夜の明けないうちに祖父が私を起こしに来た。

「トラックに荷物を積むのを手伝ってくれるかい？」

モップやブラシ、いつも持っていく道具類のほかに、その日は見なれない荷物があった。

「これ、どうするの？」

私は食料品の入ったいくつかの箱を指さした。

「今日は、先にコールドウェルに寄っていこうと思ってね」

コールドウェルはボイジの西にある小さな町だ。この素朴な町が私はとても好きだった。

その近くにいとこたちが住んでいたからかもしれない。三月まで父母と住んでいた家はナンパにあった。コールドウェルまですぐの距離だったから、いとこたちの家にもよく遊びに行ったものだ。そのいとこたちとも、もう四カ月顔を合わせていなかった。

「フロイおばさんの家？」

そうだといいな、と思いながら私はきいた。

「そうじゃない。コールドウェルには、おまえのはとこもいるんだよ。ジリアンというんだがね」

トラックに乗ってもまだ眠くて、私は祖父のひざに頭をのっけた。トラックはコールドウェルに続くハイウェイに出た。ほかの車は一台も走っていない。とても静かで、聞こえるのは自分たちの乗っているトラックのタイヤの音ばかり。夜明けまえの暗い道にヘッドライトがゆれ、遠い地平線の少し上にレモン色の月がぽっかり浮かんでいた。突然、その風景の美しさが心にしみた。

「見てよ、ポップ！」

私は起きあがると、フロントガラスに人さし指をくっつけて、空の月を指さした。

「うん。きれいだな」と祖父が言った。

未明の空と、その空に浮かんだ月を、私はじっと眺めた。

「お月さまは、どうしてあるの？」

「どうしてだと思う？」

「明るくするため？」

「そのとおりだ。よくわかったな」祖父はほめてくれた。「神は、この世をつくったとき、空から地上を照らす光もいっしょにつくられた。それが月と星と太陽だよ。太陽があるおかげで、植物は育つ。わしら人間も生きていける。太陽の光は神の慈愛とおなじだ。地上に生きているわしらを分けへだてなく照らし、暖めてくれる。命あるものは、どんなものでも、太陽があるから生きていけるんだよ。日の照っているところでは、道はよく見えるし、ころばないですむ。だが、地球に夜が来るように、わしら人間も夜道を歩くことがある。暗い夜道をね。だが、暗くても、空には月がかかっている。月は太陽から受けとった光を地上に送って、朝が来るまで道を照らしてくれるんだよ。ほら、ごらん」

祖父は東の地平線近くでまたたいている星を指さした。

「明けの明星というんだ」

「光ってるね！」

尊いものを見るような気がして、私はささやいた。

祖父と私は、しばらく明けの明星を見ていた。トラックは静かなタイヤの音をさせて走りつづけた。祖父がまた言った。

「夕方、日が沈むちょっとまえに、外に出て西の空を見てごらん。あの星がまた見えるから。こんどは宵《よい》の明星というんだがね。この星には大きな役目がふたつある。まず、地球が夜になると空に出て、高いところから地上を見ている。眠りにつく子を守るようにね。やがて月が昇り、ゆっくりと空を渡りながら、やわらかい光でこの世をつつむだろう。そうして、夜明けまえのいちばん暗い時刻になると、この星はまた空に出て、もうじき朝だ、と知らせてくれる。

わしはこんなふうに思うんだよ——神は、あることを人間に思い出させようとして月と星をつくられたんじゃないか、とね。そのあることというのは、まわりがどんなに暗くて寂しいときでも人間はひとりぼっちじゃない、ということなのさ。つらいときは、夜空を見上げるといい。神のつくりたもうた光がかならず見えるから」

フロントガラスの向こうの空に薄いレモン色の月が浮かび、明けの明星が光っていた。私は今聞いた話を考えてみた。東の空が暖かそうな薄紅色に染まりはじめた。太陽がまた朝を連れてきたのだ。

コールドウェルの町に入ると、祖父はジリアンのことを話してくれた。そのころの私は、未婚の母とはなんなのか、未婚の母になるとなぜ一家のつまはじきになるのか、そういうたぐいのことをなにひとつ知らなかった。

「ジリアンの赤ん坊は二週間まえから喉頭炎《クループ》にかかっているんだよ。食べ物も薬もなくて、ジリアンは難儀をしている。だれかがめんどうを見てやらないとな」と祖父は言った。

こんなふうに、祖父はよく人のめんどうを見ていた。たいがいは、こっそりと。だが、年のせいで思うように動けなくなっていたから、オレンジだとか、冬用のオーバーだとか、封筒に入れた現金などの運び役を、私がかわりにたのまれることがたびたびあった。そんなわけで、九つの私は、困っている人の家に贈り物を持っていき、ポーチにそうっと置くと、呼び鈴を押して大いそぎで逃げてくるのがとてもうまくなった。

なにも持たずに訪ねていくだけのこともあった。そんなときは、きれいに洗った一枚のハンカチが役に立った。祖父のポケットにはいつも清潔なハンカチが入っていたものだ。この日もそうだった。

みすぼらしい小屋にトラックが近づいていくと、戸口にジリアンが立っていた――まるで待っていたように。腕に抱いた赤ん坊が泣いていた。祖父は、あの荷物を持ってきてくれるかい、と私に言うと、ジリアンといっしょに中に入っていった。ジリアンはとてもやせていて、赤ん坊の母親というより、子どもの私とおなじくらい幼く見えた。台所に荷物を運んでいくと、祖父がポケットに入れてきた薬瓶を取りだし、一日に何回、分量はどれくらい、と飲ませ方を教えていた。

ジリアンは私を見るとだまった。私もばつが悪くてもじもじしながら、ひざに抱かれている赤ん坊を指さした。

「なんて名前？」

「トマスよ。あたしの父さんの名前なの。あなたは、ハニバルでしょ？」

「そう」

私は床にひざをついて赤ん坊を見た。

「だっこしてみたい?」

私は祖父を見上げた。祖父は、やってごらん、というようにうなずいた。

「腕をね、ほら、こんなふうにして」と言いながら、ジリアンは赤ん坊を差しだした。

落っことしたらどうしよう! 私はどきどきしたが、祖父が下から手をそえてくれた。

赤ん坊はなんとかわいいものだろう。トマスはちっちゃな手で私の親指をぎゅっとにぎり、なにか言いたそうに声を出した。

「パパは、どこ?」

私は、ついきいてしまった。

祖父は私の顔を見てせきばらいをしたが、ジリアンはふつうの声でこう言った。

「いないの。今はあたしとトマスと、ふたりだけよ」

私は先にトラックに乗って、祖父を待った。祖父はポケットから封筒を取りだすと、遠慮するジリアンの手に持たせた。ジリアンは祖父の広い肩に顔をうずめて泣き、祖父のほおにキスをした。

トラックが走りだしてから、そっと見ると、祖父の目に涙がたまっていた。私は目をそらし、見なかったふりをした。

＊

ある日、「そろそろ、ナンパの家に行ってみようか」と祖父が言った。「探している物が見つかるかもしれない。中に入りたくなかったらトラックで待っていていいよ」

ナンパまではトラックで十五分ほどの距離。田舎道をがたがたゆられながら、私はどうしようかと思案した。家を見たら、どんな感じがするだろう?

やがて、トラックは家の前にとまった。私は助手席側の開いた窓に両ひじをのせ、そこにあごをのっけてじっとしていた。だが、祖父が運転席から出るのを見て、やっぱりついていくことにした。

戸口のまわりは、雑草がのびほうだいにのび、見苦しく横倒しになっていたが、そのほかは、以前とどこも変わっていなかった。いつのまにか、戸口に頑丈な南京錠《なんきん》が取りつけられていて、鍵は祖父が持っていた。中に入るとしめっぽい臭《にお》いがした。さしこむ日光にほこりが浮いて見えた。あの日、私の身のまわり品だけ持ってあわただしく出てから、祖父も私もいちどももどっていなかった。片づけて掃除をするのも、売りに出すのも、すべて先のばしになっていた。祖父は、両親をなくした幼い孫に寂しい思いをさせてはならない、新しい暮らしに早くなじませよう、と、それだけで頭がいっぱいだったのだ。

父と母は財産と言えるものはなにも遺《のこ》さずに死んだ。若くて、貧しかったふたりは、あのぼろ家を買うのがせいいっぱいだったのだろう。夜になると父が家のあちこちに手を入れていたのを覚えている。母も台所の壁にペンキを塗りはじめていた。安く手に入れたカーペットのはぎれが部屋のすみにまとめてあるのは、私の部屋のすりきれたのと取りかえるはずのものだった。

二十九歳で死ぬなんて、だれが考えても早すぎたろう。ふたりは、行きたくてもなかなか行けなかった週末の旅行に、ようやくのことで出かけた。だが、ハイウェイの凍結した路面で車がスリップし、ハンドルを取られてしまった。積んでいたスーツケースには、私へのみやげが入っていた。

探し物というのは、生命保険の証書だった。家のどこかにしまってあるかもしれない、見つかれば、まだ払いおえていない息子夫婦の葬式の費用に少しでもまわせる、と祖父は考えていたようだ。

もっとも、見つかったとしても、額面はせいぜい千ドルぐらいのはずだった。父は、結婚したばかりのころ、掛け金一括払いの生命保険に入った。保険は貯金でもある。家の修理のために解約していたかもしれないが、そうでなければ証書がどこかにあるはずだった。

家の中は昔とまったく変わっていなかった。それなのに、なんと寂しく見えたことだろう。父がいつもすわっていたひじかけいすに、へこんだクッションがのっていた。台所のテーブルにクラッカーのかけらが散らばっていた。電話機のそばの壁に親戚《しんせき》の人たちの名前と電話番号を書いた紙が貼《は》ってあった。

あの三月五日から、なにひとつ変わっておらず、父と母が今にも入ってきそうな、入ってきて笑いながら私を抱きしめてくれそうな、そんな気がした。

泣きたい気持ちを、私は必死でこらえた。泣くとしたら、私は大泣きに泣くほうだ。じっとがまんしたあげく、わっと泣きだし、泣いたら最後、とまらなくなる。私は祖父の手伝いをしに、いそいで階段をあがっていった。

まず、机の引き出しを探した。短い一生のあいだにも、人はずいぶんいろいろの物を集めてしまうものだ。ひとつひとつ見ていきながら、それらになにか意味があるのか、あるとしたらどんな意味か、私は幼い頭で考えてみようとした。それまではただの「物」にすぎなかったものが、父と母を語っているような気がした。メモを走り書きした紙切れ一枚でさえ、とてもだいじに思えた。

祖父が、引き出しのひとつに「家」というラベルを貼《は》った書類ばさみを見つけた。開いてみると、家のローン関係の書類と、年々の支払い額と残額を記した手書きの一覧表がきちんと折ってはさんであった。それと、机の上にカードが一枚のっていた。それは、友だちが私あてに出してくれたお悔やみのカードだった。ほかには、机にはもうだいじなものは見あたらなかった。

祖父がローンの書類をポケットに入れ、私はカードを取りあげた——「……悲しみが一日も早く消えるよう、祈っています」。友だちは善意でそう書いてくれたのだろうが、正直に言えば、それはなんの助けにもならなかった。大人たちも、やはり善意から、「苦しまないで死んでよかった」「いつかまた、きっと会えるよ」などと言ってくれたが、それもなぐさめにはならなかった。父と母にまた会える――そう信じたかったし、信じようとしてみたが、この世で会えるわけではないのはわかっていた。それに、「死んでよかった」とだれが思えるものか。だまって肩を抱いてくれる人、しっかり抱きしめてくれる人のほうがずっとありがたかったのを、今でも覚えている。

母の宝物は階下にあり、祖父は、証書はここかもしれないよ、と言った。母はきちょうめんな人で、どんなものもきちんと箱におさめ、その箱に品名を書いたラベルを貼《は》っていた。祖父と私は箱のなかみを調べていった。そのうち、私は、すばらしいものを見つけた。あったことさえ忘れかけていた、あるものを。

それは幼稚園のころに描いた絵で、「作品」と記した箱の底の紙ばさみに入っていた。紙ばさみには、「ハニバル。幼稚園」と記されていた。

実際、幼稚園児の描いたものだとひと目でわかる、へたな絵ばかりだったから、九つになっていた私は、恥ずかしさで顔が赤くなるような気がした。なんだ、こんなもの、今だったらもっとうまく描けるぞ……。

だが、どの絵にも右上のすみに銀紙の星が貼《は》られ、その下に、「じょうずにかけました」と書きこまれていた。銀色の星を貼ったのも、ほめ言葉を書いたのも、母だ。母は、私の絵を見ると、かならず、「ハニバルはお絵描きがうまいわ。天才よ！」と言ってくれた。そんなふうに言ってもらえるかぎり、幼稚園でどんな評価を受けようと気にならなかった。もちろん私は天才などではなかったが、母は心からそう思ってくれていたのだ。

今、あのころよりいくらか賢くなった私はこんなふうに考える。母は、私の描いた幼い絵に、息子が将来どのような人間になるのかを見たのだ、と。息子の中に眠っている可能性が母には見えたのだろう。

幼い子どもには自分の可能性など見えるはずはない。そこで、母は、ただ息子をほめ、息子の行くべき道を明るく照らしてくれたのだ。それはまた、息子が自分を振り返るときの力ともなった。母は、いわば目に見えない糸で私を導いてくれていたのだ。

紙ばさみの絵をどんどんめくっていくと、見おぼえのある絵が出てきた。それはこの家の絵で、初めて描いた水彩画だった。絵の具が乾いてごわごわになったその絵をじっと見ていると、そのときの得意な気持ちがよみがえった。家に持って帰り、「ほら、母さんにあげるよ」と言って渡すと、母は目をまるくして、なにも言えずにただ見ていた。それから、私を抱きしめ、「すばらしいわ！　ハニバル、よく描けたわね、母さん、うれしい！」と言い、それから一時間くらいも、おなじ言葉を繰り返していたような気がする。

その絵にもいつものように銀紙の星が貼《は》られ、「とてもうまくかけました」と書きこまれた。母は、夕食のデザートにチョコチップクッキー――パンケーキくらいある大きなやつ――も焼いてくれた。父は、冷蔵庫のドアに貼っておこう、よく見えるところにな、と言い、その絵は一カ月くらいそこに貼られていた。それ以来、冷蔵庫のドアは私の絵を貼っておく特別の場所になった。

その日見つけた家の絵は、星がはがれてなくなっていた。残された星の跡を見ていると、さまざまなことが思い出された。私がなにかをして、それがどんなにへただったとしても、母はかならず、すてきよ、と言った。ほんとうにそう思ってくれていたのだ。そんな母をがっかりさせることなど、できるわけがなかった。

もちろん、私はへまもやった。人間のするおろかなまちがいのうちでも最大級のまちがいをやらかしたこともある。それでも、母は、ハニバルはいい子だと思っていた。そう思われているかぎり、たとえころんでも立ちあがる力が出た。ほこりを払い、すりむいた傷の痛みにたえて、よし、がんばろう、と思えた。

いい子だと思われているのは、なんとすばらしいことだろう。ときには、心ない人の言葉にしょげてしまうこともあったが、そんなときも家に帰れば話を聞いてくれる母がいた。それに、なんといおうが私にはあの「星」があった。だからこそ、どんなときでもまた元気を取りもどすことができたのだ。

絵を紙ばさみにもどし、箱にしまい、その箱をもとの場所に置いた。隣の箱のラベルには「衣類」と書いてあった。私はもう証書のことなどすっかり忘れ、昔のことを思い出すのにむちゅうになっていたから、古着の箱も引きだしてみた。

虫よけの匂いのついた服は、「いかにも古いもの」という感じがするものだ。母は虫よけの効果を信じていたらしい。実際に効果があるらしく、どの服にも虫はついていなかった。おなじような箱がまだいくつもあるのを見ながら、私は思った。ずいぶん、いっぱいあるんだな。もしもまた着られるとしても、こんなに虫よけの匂いがするんじゃ、困っちゃう。わかった、母さんは物を捨てたことがないんだ、なんでも箱に入れて、虫に食われないようにして取っておくのが好きだったんだ。

いちばん上にあったのは薄いブルーの半袖シャツで、えりもとにスナップでとめる黒い蝶《ちょう》ネクタイがついていた。この家に親子三人で越してきたとき、おばのひとりが、教会の最初の礼拝に着ていきなさい、と言ってくれたのがこのシャツだった。これも残ってたのかと思いながらひろげてみると、ボタンが一個なくなって、そこが破れていた。ボタンが取れた日のことを、私は思い出した。

「トッド、見ろよ！　新入りがいるぞ！」年かさのロイという子が相棒《あいぼう》に言った。わざと私に聞こえるような大声で。「こいつ、女の服なんか着てやがるぜ！　おい、新入り！　そんなシャツしか持ってねえのか？」

私は自分のシャツが女の子の服に見えるとは、知らなかった。それどころか、自慢に思って着ていたくらいだ。気がついてみると、ロイと相棒が前と後ろに立っていた。これでは、動きたくても動けない。前に突ったったロイは、見るからに荒っぽい顔をしていた。

「シャツならほかにも持ってるけど」

口ごもりながら言いかけると、なめられたと思ったのか、ロイはいきなり私の胸ぐらをつかみ、ぐいと持ちあげた。私の顔は、彼の顔とおなじ高さになった。私は大柄ではなかったが、シャツ一枚で吊《つ》りあげられるほど軽くもなかった。シャツの破れる嫌な音がした。ロイはすぐさま手を放し、私は地面にころがった。新しいシャツはだめになってしまった。やり返すか、それとも、それ以上ひどい目にあわないようにするか？　ふたつにひとつの選択をせまられた私は、後者をえらんだ。それはかんたんなことではなかったが、父から聞いていた話のおかげで、どうにかやってのけられたような気がする。

　いつだったか、だれかとやりあったあとで、父に、〈ピースメーカー〉という言葉を知っているか、ときかれた。私は知らなかった。

「けんかをするより平和をつくりだすほうがいい、と考える人のことだよ」

「平和をつくるって、どうやって？」

「だれかがおまえに、うんとひどいことをしたとする。そのとき、けんかをしないで、だまってその場を離れられるかい？」

「そんなことしたら、意気地なしって言われるよ」

「それはただの言葉だろう。意気地なしと言われたら、それだけで意気地なしってことになるかい？」

「ならない。だけど、どうすればいいの？」

「ハニバル、人間は、あることをするか、しないか、自分でえらべるんだよ。どんなときでもね。だれかに、むりやりやらされるわけじゃない」

父は、さらに、幼い私にこんなむつかしい質問をした。

「悪口を言ったり、暴力をふるったりする人間と、だまってその場を離れる人間がいるとする。どっちが勇気があると思う？」

「父さんが言いたいこと、わかるような気がするけど、それって、むつかしいよ」

「そのとおりだ。だが、けんかばかりしながら生きていきたいかい？　ピースメーカーというのは、敵の気持ちも理解できる人のことなんだよ。これがなによりむつかしいんだが」

「もしも、その敵にやっつけられそうになったら？」

「たしかに、自分の身は守らなくちゃならない。だが、たいがいのときは、どっちにするか、えらべるものだ。できることなら、まずピースメーカーになってもらいたいね。それから、ハニバル、よく覚えておきなさい、相手がなければ、けんかにならないということをね」

相手がなければ、けんかにならない……。地面にころがったままロイとトッドを見上げていると、そのときの父の声が聞こえた。そうか、そんならぼくは……けんかしないでおこう。

私は立ちあがった。そして、ロイとトッドをまっすぐに見て、こう言った。

「フットボール、やらない?」

不意を突かれて、ふたりは私の顔をまじまじと見た。それから、肩をすくめて、「いいよ」と言った。そんなわけで、フットボールがはじまり、一時間ばかり愉快に遊んだ。父と母が、遠くからそれを見ていた。ロイが手を出したとき、父はとめに入ることもできたろう。だが、そうはしなかった。おかげで、シャツのボタンはなくしたが、それとひきかえに、この世のだいじなことをひとつ、私は身をもって学んだのだ。

二時になると、祖父も私も空腹になり、台所にもどった。冷蔵庫のドアに私の最後の絵が貼《は》られていた。それは家族の絵で、棒切れのような三人の人間が描かれ、「父さん、母さん、ハニバル」とキャプションが入っていた。母はその絵が気に入っていたのだろう。それにも、右上のすみに銀の星がついていた。

祖父の持ってきたサンドイッチと、戸棚に残っていた果物の缶詰で昼を食べることにして、祖父と私は居間にすわった。

母は、いつもすわる安楽いすのそばに読みかけの雑誌類を置いていた。聖書はコーヒーテーブルの上に置くことになっていた。父と母は、聖書を読んでいて覚えておきたい言葉に出会うと、古い封筒の裏などに書きとめ、そこにはさんでおいたものだ。それがしおりがわりで、ちゃんとしたしおりをはさんでおくとか、だいじなところにえんぴつでしるしをつけるとか、そんなことはしなかった。

サンドイッチ片手に、もう一方の手で聖書の薄いページをめくってみた。むつかしい語や、文章を拾い読みしているうちに、はさんであった紙切れがはらりと床に落ちた。拾って、見てみると、「イザヤ書、第四九章、十五、十六節」と書いてあった。

「なんだろう、これ?」

私はその紙切れを祖父に渡した。

祖父は紙切れを持った手を遠く離して走り書きの文字を読み、「調べてみよう」と言った。

ページをめくっていくと探していたところが出てきた。

「ここだよ」

祖父はその部分を音読した。

「……われはなんじを忘るることなし。われ掌《たなごころ》になんじを彫刻《えりきざ》めり……」

「どういうこと？」

私もそのページに目を近づけた。

祖父はしばらく考えていた。

「きっと、こういうことだと思うね。ひとりぽっちで、もうどうにもならない、という気がするときでも、だれかがかならずわしらのことを考えていてくれる。わしやおまえがどんなことをしようと、そのだれかはいつもそばにいる。どこかへ行ってしまったりすることはないんだよ」

「ポップみたいに？」

「ハニバル、わしはいつもおまえのことを考えているよ。だがね、そのだれかは、わしなんかより、もっとずっと大きな心でおまえのことを考えているんだ。わしは、こんなふうに思うんだよ。人間にはとても想像できないような大きくて広い心を持っている、そういうだれかがきっとどこかにいる、その大きくて広い心が全《まった》き愛というものなんじゃないか、とね。全き愛というのは、自分以外の人のために、持っているものをみんな、命までも、惜しまず与えよう、そういうものなのさ。それのお返しなんか、人間にはとてもできっこない」

だが、幼い私にはとてもわからないと判断したのだろう、祖父はこんな話をしてくれた。

*

――昔、ある男がいた。男には息子がふたりいて、ひとりは善い心を持ち、もうひとりは悪い心を持っていた。父親は息子たちをとてもだいじに思い、貧しいながら、ふたりに金のペンダントを作ってやろうと考えた。まんまるい金のペンダントをね。やがてできあがると、飛んでいるハトの姿を表に彫りきざみ、まんなかでふたつに割った。ハトもふたつに割れたね。だが、合わせればもとの形になる。ハトは、ひとひらの金色の雲のように軽やかな姿をしていた。翼に太陽の光を集め、その金色の光を四方に投げかけているように見えたんだ。それはもう、なんともきれいなペンダントだった。さて、父親はそれぞれに金色の鎖をつけ、息子たちの首にかけてやった。

「おまえたちはこのペンダントのようなものだ。両方の力を合わせれば、うんと強くなれる」

弟——というのは、悪い心を持ったほうの息子だがね——は、そんな話はくだらないと思った。父親の農場で朝から晩まで働くのも、もううんざりだった。一家の暮らしは貧しくて、だれもがせいいっぱい働かないと食べていかれなかったんだ。ある朝早く、いつものように父親が下の息子を起こした。

「畑に水をまく時間だよ」

「まだ暗いじゃないか！」

下の息子は文句を言った。

「野菜は待ってくれないからな。さ、出かけるぞ」
一時間くらいしてから、下の息子はいやいや畑に出ていった。太陽が高く昇り、やがて西にまわっていった。下の息子は文句を言いながらも用水路をきれいにした。水は勢いよく流れるようになったが、汗も流れて目に入った。下の息子はシャベルをふるいながら流れる水を眺め、おれの人生もどんどん流れていくんだ、と思った。てのひらにできたマメがふくれて水をもち、心の不満もふくれていった。畑の遠くを見ると、西に太陽が沈みかけ、父と兄が肩をならべて働いていた。なにがおもしろいのか、笑っている。ふたりとも、働くのが好きだったんだな。

それを見たとき、下の息子はつくづく嫌になった。そこで、シャベルをおっぽりだし、大またで畑をあとにした。家に帰ると、次の年の種を買うために貯《た》めてあっただいじなお金を全部ポケットにさらい入れ、着がえの衣類をまくらカバーに突っこみ、部屋を出た。家の戸をらんぼうに閉めて、戸口の前の段をひとまたぎでおりると、がむしゃらに歩きはじめた。後ろを振りむきもしないでね。後悔するにも早すぎたろうな。日暮れの街道を、下の息子は走るようにして町に向かった。これでようやく自分の思いどおりだ——そう思いながら。

やがて、大きな街に着いた。なにしろ都会は初めてだ。最初のうちは気おくれがしたが、ポケットに入れてきた金で偽物の尊敬がどっさり買えた。ばかな男は、金を湯水のように使って悪い友だちをこしらえ、悪い遊びにむちゅうになった。そんなことがいつまでも続くわけはない。ある朝目がさめてみると、驚くなかれ、ふところはからっぽになっていた。ところが、もっと驚くことが待っていた。というのは、目がさめた場所というのが牢屋《ろうや》だったものだからね。いったいぜんたい、どうやってそこに入れられたのか、まったく思い出せない。当時は借金があるというだけで牢屋に放りこまれたのさ。この男は、あっちにもこっちにも、借金を作っていた。で、牢屋番が言うには、借金を返して、ゆうべいろいろ壊したものの弁償をしたら出してやる。だが、一セントでも払いが残っているうちは、だめだ……。ばかな男は、まえの晩自分がどこでなにをしたかさえ、覚えちゃいなかった。

何日も何日も、男は薄よごれた牢屋の中で、もういちど外に出たい、もういちどまともな暮らしをしたい、と考えつづけた。おれはもうだめなのか、だれも助けてくれる者はいないのか……。そう思うと、とほうもなく怖くなった。それまで感じたことがないくらい、怖かった。男は、真っ暗な魂の闇の中で、たとえようもない恐怖と向かいあった。どうしてこんなことになっちまったんだろう？　今はすべてが見えた。すべてがはっきり思い出せた。自分のした汚いこと、卑劣なこと、恥ずべき行為の数々がありありと目に浮かんだ。言いわけも、言い抜けも、もはや許されない。だれかに罪をなすりつけることもできない。おれはおやじの畑の土くれみたいなものだ――そんな気がした。耕され、掘り返されて、下に隠れていたものがすべて白日のもとにさらけだされて万人の注目の的になっている、そんな気がした。もしも地獄があるなら、これが地獄だ、おれは地獄に堕《お》ちた――男はそう思った。死んだほうがずっとましだ――そうも思った。だが、死んだくらいで帳消しになるものでもない。ああ、おれなんか消えてなくなればいい！　そうだ、今すぐ消えてなくなればいいんだ！

こうして、何日ものあいだ、男は、ひとりぼっちの牢屋《ろうや》で、呪《のろ》われた魂の苦しみをとことん味わった。やがて、もうこれ以上はたえられない、と思ったとき、父親と兄のことがふと頭に浮かんだ。すると、小さな小さな希望が胸のどこかに生まれた。おやじと兄貴は、おれを許してくれるだろうか？　こんなおれでも、助けに来てくれるだろうか？

息子の手紙がとどいたとき、父親は嘆きかなしんだ。なにしろ、だいじな息子が牢屋《ろうや》に入れられたと知ったんだからね。そんな悪い息子はだいじに思ってやる値打ちもない、と言う人も世の中にはいるだろうが。いっぽうでは、父親は喜びもした。どんな理由であれ、息子は、家に帰りたい、と書いてよこしたのだから。そこで、上の息子を呼んで、相談した。どうやったら、とほうもない額の借金を払ってやれるだろうか、とね。

考えた末、上の息子は言った。

「ぼくの持っている二十エーカーの畑と乳牛を売りましょう。売ったお金と貯金を合わせたら、どうにか足りるんじゃないでしょうか。もしも足りなかったら、このペンダントも売りますよ」

父親は、うれし泣きに泣いた。だいじなものをみな、弟を助けるために売ろうと言ってくれたのだ。弟を牢屋から出してやるために上の息子が出発したとき、父も子も、目に涙が光っていた。

弟思いの兄は、長い旅路をひとりたどった。わたしが行ったら、弟はどんな顔をするだろう、と思いながら。

牢屋《ろうや》に着くと、払うべき金額の交渉をし、やがて、弟が入れられている独房の鍵を渡された。その鍵を手に、兄は階段をおり、裏切り者だの、嘘《うそ》つきだの、人殺しやなんかの閉じこめられているところを通って、いちばん奥まで歩いていった。そこに弟がいた。兄は、独房のドアを大きく開け、腕をひろげて呼びかけた。

「さあ、自由になったぞ。家に帰ろう」

牢屋から出て、晴れやかな外の空気を吸ったとき、弟はどんなにうれしかったことか。ほかでもない自分のおろかな行いのせいで牢獄につながれたことのある者でなければ、自由の身となった喜びがどんなものか、わかるまい。この弟は、兄が持ち物をみんな投げだしてくれたおかげで、助かった。

なあ、ハニバル、これほどの恩は、返したくても返せるものじゃないよ。できることといったら、いつまでもそのことを忘れないで、まえよりましな人間になろうと努力することだけだ」

＊

祖父は、この話のおしまいに、「おまえの父さんと母さんは、神のなさることを疑わなかった。そして、おまえをかわいいと思い、とてもだいじに思っていた。今の話の上の息子のように、おまえのためになら持っているものをみんな投げだしたっていい、と思っていたんだよ」と言った。

祖父とわたしは、帰りじたくをした。保険の証書はとうとう見つからなかったが、「あると思っちゃいなかったから、かまわないよ」と祖父は言った。

私は家の中を見まわした。すると、両親がいなくなって以来、始終おそってくる心細い気持ちが、また頭をもたげた。これからどんなことが起こるんだろう？　胸にぽっかりとあいた穴をどうやってふさいだらいいんだろう？　答えはどこにも見つからなかった。両親が死んだとき、私の中でも、なにかが確実に死んだのだ。寂しさをまぎらしてくれる物はないかと、最後にもういちどあたりを見たが、なにも思いつかなかった。

南京錠《なんきん》をかけ、祖父と私はトラックをとめたところまで歩いていった。

「商売をしに行くにはもうおそいな」と祖父が言った。「どっちみち、そういう気分でもなくなったが」

　トラックが走りだした。私は、振り返って父と母のこの世の住みかだった家を眺めた。小さな家は、だいじに守ってきた者たちが去ってしまったのを寂しがり、泣いているように見えた。前を向いてすわりなおしたとき、祖父が大きな手で私のひざを軽くたたき、だまって、「ハニバル」と表書きをした封筒を渡してよこした。なんだろう？　説明してくれるかと思って顔を見たが、祖父はだまって運転していた。封筒の上の部分を破り、さかさにしてみた。すると、色の薄くなった銀の星と、青い糸のくっついたボタンと、「イザヤ書、第四九章、十五、十六節」と走り書きした紙片が出てきた。

　あたりは暗くなりはじめていた。遠くを見ると、宵《よい》の明星が地平線から出ようとしていた。私はしばらくだまって考えた。それから、それらを封筒にもどし、ポケットにしまった。そうだ、これが答えだ……。ポケットの中のものが、父と母と私を目に見えない糸でつないでいた。もうだいじょうぶだ、と私は思った。

The Mourning Dove

第5章

ぼくの牛、オスカー

暖炉の上のあの箱は、ずっと開けないままだった。私は、「あの箱に宝物が入ってるんだ」とうっかりチャーリーに言ってしまい、開けてみよう、とせっつかれるはめになった。開けてみたい気持ちは私もおなじだったが、いくらせっつかれても断りつづけた。

ボイラーは、夏になってからは例の気味悪い音をたてなくなった。それでも、地下室が怖いのはかわりなかった。ベネット氏はますます怒りっぽくなり、チャーリーとは、毎日のようにいっしょに遊び、夜もいっしょに外で眠った。

そのころのボイジではクーラーがあるのは金持ちの家だけだったから、男の子たちはよく外で寝たものだ。チャーリーと私は、外で寝るだけでなく、外をほっつき歩いた。

私は、チャーリーから畑荒らしを教わった。それまで生の野菜を食べたことなどあまりなかったが、盗みの味つけをした生の野菜はとくべつうまかったような気がする。

チャーリーはストリップポーカーも知っていた。ポーカーはトランプゲームの一種で、ストリップポーカーは、負けたら着ているものを一枚ずつ脱いでいくというものだ。彼と私は、勝ったら、負けた者になんでも命令できる——裸でジグを踊れとか、木の枝に足首でぶらさがれとか——という勝手なルールを考えだした。だが、実際にそれをやったのはいっぺんだけで、そのあとは、負けた者はそそくさと寝袋にもぐった。裸でなにかするのはやはり気恥ずかしかったのだ。

私は、ストリップポーカーが悪いこととは思っていなかった。だが、ある日、チャーリーが、「もしもおまえの祖父《じい》ちゃんが見てたら?」と言った。そのときはふたりで吹きだしたが、ひとりになってから、ポップに見られて困るようなことはしないほうがいいんじゃないか、と考えこんだものだ。とはいえ、なにしろ私のほうが年下だったために、していいか悪いかよくわからないことを、チャーリーの尻馬《しりうま》に乗ってやってしまうことがよくあった。

チャーリーにはサマンサという名前のネコがいた。ある朝、寝袋で寝ていると、サマンサのすごい啼《な》き声で目がさめた。早くから起きだしたベネット氏が、サマンサが産んだばかりの子ネコを次々に麻袋に突っこみ、川に捨てに行こうとしていたのだ。まえにもおなじようにして子ネコを捨てられたことのあるチャーリーは、鉄砲玉のように寝袋からとびだし、父親をとめに走った。

「父っつぁん、だめだ!」

ほとんど同時に、うちの網戸を勢いよく開ける音と、ベネット氏に呼びかける祖父の声が聞こえた。私は安全な寝袋の中からなりゆきを観察していた。祖父とベネット氏は最初・・・がんがんやりあっていたが、やがて祖父がお金をいくらかベネット氏に渡し、ベネット氏は子ネコを入れた袋を祖父に渡した。チャーリーとサマンサと私は、祖父について家に入った。祖父がネコたちに安全な寝場所を作ってやると、サマンサは安心したように子ネコのそばに横になった。

さて、そのあとだ。三人でさっきのことを話しながら食事をしていると、サマンサがふとったネズミをくわえて台所に入ってきた。私はとびあがった。チャーリーもあわてて立って祖父にあやまり、サマンサを追いだそうとした。祖父は身振りでそれをとめた。サマンサは自分の子どもたちを助けてくれた人を捜すかのようにちょっと立ちどまって、すぐに祖父のところに歩いてくると、足もとにネズミを置いた。

「気持ちが悪いよ！」と私は叫んだが、祖父はうやうやしいものでも見るようにじっと見つめていた。それから、サマンサをひざに抱きあげ、背中をなで、耳の後ろを掻《か》いてやり、また床におろした。サマンサは子ネコたちのせわをしに行ってしまった。

祖父は、ネズミをナプキンにつつみ、裏口のスコップを持って畑に埋めに行った。もどってくると、いすにすわりなおしてチャーリーと私にきいた。

「サマンサの贈り物をどう思ったかね？」

「贈り物じゃないよ、あんなの！」とチャーリーが言った。「ただのネズミだよ！」

「なるほど」と祖父は言った。「しかし、ただのネズミとは言えないよ。ふとった、りっぱなネズミだった。あんな大きなネズミは初めて見たぞ。サマンサは、あれをどう思っただろう？」

私は言ってみた。

「上等のネズミと思ったんじゃない？」

「そのとおりだよ。この世には返したくても返せない恩というものがある。だが、サマンサは自分にできる最高のお返しをしたんだな。サマンサほどの恩返しができないときは、覚えているだけでじゅうぶんだ」

＊

七月なかばのある週末、デイヴィーズ夫妻がオレゴン州のニサという町まで行くことになった。その留守中、チャーリーと私は農場のせわをたのまれた。ふたりとも、急に大人になった気分だった。ぼくらは農場の全責任をまかされたんだぞ！

二日め、ニワトリにえさをやり、言うことを聞かないガートルードにさんざん手こずらされたあげく、ちょっとぐらい休憩してもいいだろうという気分になり、チャーリーと私は干し草置き場に走っていった。そこで、いつものように「バンカーヒルの戦い」をやり、なんべんやってもチャーリーが勝った。三十分も勝ちつづけるなんて新記録だ、と彼は言い、私も降参を認めた。それから、もう一本のトンネルをもぐっててっぺんまで登り、ならんであたりを見た。すると、あっと驚くようなものが見えた。

子牛の一頭が、それも私のオスカーが、畑に入ってアルファルファのやわらかい葉を食べていたのだ。デイヴィーズ氏は、「子牛が囲いから出ないように気をつけなさい。とくに、アルファルファの畑に入れちゃいけない」といつも言っていた。いったいいつ入ったんだろう？　腹がかなりふくれているところを見ると、ずいぶんまえにちがいなかった。

「チャーリー、ポップを呼んできて！」

私は金切り声で叫んだ。チャーリーは駆けだし、私はオスカーが逃げないようにつかまえていた。デイヴィーズ氏はこうも言っていた——「牛はげっぷができない。だから、青いアルファルファを食べると胃袋にガスがたまる。そのまま放っておくと死んでしまうんだよ」

あんのじょう、オスカーは腹が痛くなってきたらしく、苦しそうな声で啼《な》きながら暴れはじめた。神さま、オスカーを死なせないで！　顔が涙でぐしゃぐしゃになり、それでも私はオスカーを放すことだけはしなかった。やがて、祖父とチャーリーの姿が見えた。

「オスカーが死んじゃう！　ポップ、助けてやって！」

「ハニバル、前にまわって、オスカーの頭を押さえていなさい。チャーリーもだ」

私はオスカーの頭をかかえこみ、力いっぱい押さえつけた。チャーリーも首に抱きついた。

「ぜったいに手を放すんじゃない。いいか！」

祖父はポケットからナイフを取りだし、オスカーの肋骨《ろっこつ》と肋骨の間に刃をあてがうと胃袋めがけて突きさした。すごい勢いでガスと血が噴きだした。オスカーは痛がって啼《な》き、逃げようとしてもがいたが、チャーリーも私も手を放さなかった。ひどい悪臭がした。あまりのひどさに私はうっとなりかけたとき、オスカーの体がぐらっとゆれ、地面に倒れた。倒れても、苦しそうにあえぎ、啼くのをやめなかった。

三人でオスカーを祖父のトラックに乗せ、デイヴィーと、家の納屋まで運んだ。

「あとは待つだけだ」と祖父が言った。

夜になった。祖父は、わしもいっしょに納屋にいてやろう、と言ってくれた。私はたまらない気持ちだった。オスカーがこうなったのは、ぼくがしっかり見張っていなかったたからだ……。

「神さまにお祈りしたんだよ、オスカーを助けてくださいって。もしも死んじゃったら、二度と神さまなんか信じない！」泣きながら私は訴えた。

祖父はしばらくだまっていた。「なるほど。ものごとが自分の都合のいいように運んでいるときだけ、信じるというわけかい？　神さまをどこかへ追っぱらおうったって、そうはいかないよ。神さまにひどいことを言ったところで、気分がよくなるものでもあるまい？」

そのとおりだとは思っても、幼い私はとてもがまんができなかった。

「母さんと父さんのときだって、死なせないでって祈ったけど、死んじゃったんだ」

「わかるよ、ハニバル。わしも、そう祈ったからね。だが、願いどおりにならなかったからといって、神がいないということにはならない。もしも、だれの祈りもかならずかなえられるというのなら、この人生にはたいして意味がなくなってしまうよ。ただ祈りさえすれば、つらいことも、にがい後悔も、たちどころに消えてしまうというんじゃな。そういうのは生きてるうちに入らないとわしは思うね。

それに、たいがいの人間は、なにを願うのが自分にとっていちばんいいか、わかっちゃいないという気もするね。なにかをして、たとえ苦しくともその結果をひきうける。それが人生だ。そういう経験をするために人間は生まれてきたんだ。苦しいことがなにもない人生なんぞ、無意味だよ。わしら人間は、祈るなら、苦しいことの意味を理解するのを助けてほしい、と祈るべきだ。苦しいことを取りのぞいてほしい、と祈るのでなくね。

昔、ニューメドウズでひとりの男と知りあった。この男は、おれは子どもの時分から神なんぞ信じちゃいない、と言った。そのわけをきいたら、こういう話をしたっけな。

子どものころ、父親の言いつけで、山の上の牧場からふもとの囲いまで、馬の群れを追っておりてきたそうだ。そうしたら、とちゅうで、馬どもがなにかにおびえて走りだした。男も力のかぎり走った。だが、とめられなかった。そこで、ひざまずいて祈った。どうか馬どもの暴走をとめてください、とね。

『で、どうなった？』とわしはきいた。男は、『森の中からふたりの男が出てきて、馬どもをつかまえ、ふもとの囲いまで連れていってくれたよ』と答えた。

それから――ここがおかしなところなんだが――『これで神なんぞ信じなくなったね、

おれは』と言ったのさ。わしはあきれたね！

そこで、『それこそ天の助けってものじゃないか』と言ってみた。すると、やつが言うには、『馬をとめてくれたのは人間だったもんな。あのふたりがあそこにいてくれて、まったく助かった』

わしら人間は、一生、神と知恵くらべをすることもできようし、神に向かって、ものごとはこうあるべきだ、とか、どうせならこうしてもらいたい、などと注文をつけることもできよう。だが、とどのつまり、神はなにかを証明する必要なんぞないんだよ。ためされているのは人間のほうだ」

その晩は祖父も私も寝ないで、哀れなオスカーを看病した。

明け方の五時、アイダホの空がようやく明るみはじめるころ、デイヴィーズ夫妻が帰ってきた。祖父は、「話をしてくるから、オスカーを見ていなさい」と言うと、母屋に行った。デイヴィーズ夫人がスーツケースを家に運びいれ、デイヴィーズ氏と祖父が納屋に入ってきた。

デイヴィーズ氏は怒らなかった。私のみじめな気持ちを察してくれたのだろう。かがんでオスカーの容態を調べていたが、やがて立ちあがり、祖父の顔を見た。

「まえにも、こういうことがありましたよ。オスカーは苦しがっている。助けてやりたいが、むりでしょう。これ以上苦しませるのは酷だ。私がやるから、坊やを連れて帰ってください」

祖父はうなずき、両手を私の肩に置いて言った。

「ハニバル、悲しいことをしなくちゃならんのだよ。わしらは帰ったほうがいいようだ」

大人の判断が正しいことは、九つの私にもわかった。私はオスカーの首に顔をうずめて泣いた。それから、しゃんと立ちあがると、せいいっぱいの気力を奮いおこして言った。

「おじさん、ぼく、おじさんからオスカーをもらったんだよね。それなのに、ちゃんとめんどうを見なかった。ぼくがやります」

デイヴィーズ氏と祖父は、顔を見合わせた。しばらくして祖父が言った。

「やらせよう、ヘンリー」

デイヴィーズ氏は母屋からライフル銃と弾の箱を持ってもどってきた。

「使い方を知っているかね?」

「知ってます」と私は答えた。知らないと答えられたらよかったのに、と思いながら。

デイヴィーズ氏は弾を一個だけつめると、銃を渡してよこし、低い声で、「目と目の間だ」と言い、一歩後ろにさがった。

私は銃を持ちあげ、狙《ねら》いを定めた。それから、もういちど銃身をさげてささやいた。

「オスカー、ぼく、おまえの友だちだよ」

銃声がとどろき、オスカーの苦しみは終わった。

それから五カ月と二週間、私は銃に手をふれなかった。

The Mourning Dove

第6章

最初の嘘《うそ》

九月になって、学校がはじまった。アイダホの九月はいつもならまだ夏の終わりだが、その年は早くも秋冷がおとずれ、木々の葉があざやかな赤と黄に染まった。私は四年に進級した。五年になるはずだったチャーリーは、父親から、学校なんぞに行かなくていい、と言われてしまった。どうせ行きたくないからいいんだ、とチャーリーはあっさり言ったが、それが本心であるはずはなかった。私の帰りを、ひとりで待っているしかなかったのだから。

釣りのえさにする虫は針を刺されるとのたくり、逃げようとする。針を呑《の》んだマスも、逃げようとして暴れる。ある日、祖父と釣りをしながら、「魚って、捕まえられると痛いの?」ときいてみた。なぜそんなことをきいたのか、祖父にはわかったにちがいない。祖父は、「わしら人間は、苦しんでいる者が出す音の量で苦しみの量をはかるんだね。もしも魚が痛がって泣き叫ぶとしたら、釣りをする人間の数はずっとへるだろう」と言った。

チャーリーは釣り針にかかったマスのようなものだった。だまっていたから、彼がどれほど寂しい思いをしているか、だれも知らなかった。

十月も終わろうというある日、私はチャーリーから、学校の体育館の窓をこじあける方法を教わった。やってはいけないことを彼に教わるのは、それが初めてではなかった。チャーリーに誘われて悪いことを重ねるにつれ、そのひとつひとつが縄のように首にまきつき、だんだん息ができなくなるような気がした。彼と私はお互いにたったひとりの友だちだった。いっぽうでは、自分たちが悪いことをしているのを私は知っていた。祖父は、悪いと知りながらそれをする人間は大嫌いだ、とよく言っていた。まさにそのとおりのことを、私はしていたのだ。

その日、彼と私はだれもいない体育館にこっそり入り、バスケのシュートをして遊んだ。一時間かそこらそうやって遊んでいると、遠くで人の足音がした。と思うと、その足音はどんどん近づいてきた。

「二階へ逃げよう！　早く！」チャーリーが低い声で言った。

大いそぎで電気を消し、ふたりで二階のトイレに逃げこむと、戸を閉めた。

「静かにしてろ！」

チャーリーに突つかれて、私は荒い息をしずめようとした。しばらく、それはとほうもなく長い時間に思えたが、彼と私は息を殺してじっとしていた。やがて、チャーリーが、「もういいんじゃないか」と言った。私はそうっと立ちあがり、戸を細く開けて、廊下をのぞいてみた。だれもいない。

「チャーリー、そっちの窓も見てよ」

チャーリーはつまさき歩きで窓に近づき、校庭を見おろした。

「ハニバル、来てみろ」

そばに行って下を見ると、守衛のロバート・E・リー・ジャクソン氏が、さっきふたりでこじ開けた体育館の窓を調べているではないか。ジャクソン氏はジョンバーチ協会（アメリカの反共極右団体）生え抜きの会員で、もうれつにきびしい人だった。

「だめだ！　逃げられないよ！」私は低い声で叫んだ。

チャーリーも私も床にへたりこんだ。逃げ道になりそうな窓かドアがどこかにないかと考えてみたが、思いうかばなかった。とてもだめだ。突然、チャーリーが、「こいつだ！」と言いながら立ちあがり、ズボンのポケットから赤いゴム風船をひっぱりだした。

「逃げる用意をしてろ！」

チャーリーは風船に水道の水を入れはじめた。それを見て、なにをするつもりか私にもわかった。

「なんにもならないよ！」

絶望的な気持ちで、私は首を振った。

「なるって！」

「だめだよ」と言うまもなく、水の入った赤い風船はチャーリーの手を離れ、ジャクソン氏めがけて飛んでいった。

まずいことに、ちょうどそのとき、ジャクソン氏は物音を聞きつけて顔をあおむけたところだった。そうでなければ、風船が鼻の頭に命中するなんてことはなかったろう。

「アカめ！」

ジャクソン氏はどなった。すぐさま、足音が階段をドタドタ登ってきた。ジャクソン氏があれほど速く走れるとは知らなかった。

「開けられたら終わりだ！　戸に背中をくっつけろ、壁に足を突っぱるんだ！」

人間、せっぱつまるとなんでもやれるものらしい。私は小さい体でトイレの戸を押さえ、壁に足を突っぱった。ジャクソン氏がその戸を向こう側から叩《たた》きながらどなった。それでも開かないとわかると、二、三歩さがって助走をつけ、大砲の弾丸のようにぶつかってきた。

「チャーリー！」私は泣き声で叫んだ。

「待てったら！　考えてんだから！」

チャーリーはそわそわ歩きまわりながら答えた。

「早くして！　殺されちゃうよ！」

「よし！　こんどはどいてろ。逃げるぞ！」

文句を言うひまはなかった。ジャクソン氏がまた後ろにさがる音を聞きながら、チャーリーは私を助けおこした。助走をつける重い靴音がひびいた。

「今だ!」

チャーリーが力まかせに戸をひいた。勢いあまったジャクソン氏は、思いきり壁にぶちあたり、反動であおむけに床に倒れた。

ふたりとも、めちゃくちゃに走った。階段のとちゅうで振りむいてみると、いつも使っているほうきを剣のようにふりかざして追いかけてくるジャクソン氏が見えた。その日ばかりは私のほうが逃げ足が速く、チャーリーはほうきで背中をぶたれる憂き目にあった。うまいことに体育館の戸が開けっぱなしになっていて、そこから逃げだせた。ジャクソン氏はとちゅうまで追ってきたが、若い足にはかなわなかった。それに、どちらが必死だったかといえば、やはりチャーリーと私のほうだったろう。

校舎の角をまがりながら、もういちど振りむくと、びしょぬれになったジャクソン氏が、ほてった顔をうつむけ、両ひざに手を突っぱってひと息入れていた。彼が残った力をかき集め、こっちに向かって握りこぶしを振りまわしているのを尻目《しりめ》に、チャーリーと私は近くの畑に逃げこみ、丈の高い黄色いトウモロコシの間に隠れてしまった。

夕食の時間におくれた私に、祖父は、「どこへ行っていたんだね？」ときいた。「そのへんで遊んでた、チャーリーと」と私は答えた。祖父は、さらに、「なんべんも呼んだんだよ」と言った。「ごめん、聞こえなかった」と私は言った。祖父は、ちょっと私の顔を見ていたが、それ以上なにも言わなかった。思えば、これが私の最初の嘘《うそ》だった。すらすら言えたわけではない。だが、その嘘はしっかり生きていて、ヒルでも吸いつくように私に吸いついた。

夕食のテーブルで、嫌なことは早く忘れたいと思いながら、私は皿の芽キャベツを突つきまわした。だが、嫌な気分はさっぱりなくならず、そればかりか、体育館に忍びこんだことより、嘘をついたことのほうが嫌な気分のもとになっているのに気がついた。私が芽キャベツを食べるくらいなら飢え死にしたほうがいいと思っているのを察した祖父は、私の好物のアーカンソー・メニュー、コーンブレッドとミルクを出してくれた。

その晩は暖炉の火のそばで九九の暗記をし、祖父は『トム・ソーヤーの冒険』を読んだ。どちらもなにも言わず、そのうち夜がふけた。

あくる朝目をさましてみると、とっくに起きていた祖父が、たまごとベーコンの食事を作っていた。祖父は、まえの晩のことなど忘れたように、口笛で『ダン・タッカーじいさん』を吹きながら台所を行ったり来たりしていたが、そのうち、「今日もチャーリーと遊ぶのかい?」ときいた。

「遊ぶよ」と私は答えた。

すると、祖父は、もういちど「なにをして遊ぶつもりかね?」ときいた。

私はなんの気なしに、「デイヴィーズさんちに行くと思う、きのうみたいに」と言った。

言ったとたんに、どきっとした。そうだ、きのうは帰りがおそくなったんだ……。けど、おそくなった理由まで言ったっけ……? どこで遊んだことにしたんだっけ……?

祖父は、立ちどまってちょっと考えていた。

「きのうは、たしか、そのへんで遊んでたと言ったんじゃなかったかい?」

私は言葉につまった。そこで、思いついたことをとっさに口に出した。

「え? きのうって言った? それ、おとといだったんだよ」

「つまり、こういうことかい? デイヴィーズさんの家に行ったのはきのうで、おとといはそのへんで遊んだんだね?」

祖父はいつのまにか私の横のいすにすわっていた。

「そう……ええと、そうじゃない。きのうは……」

だが、きのうどこで遊んだと言ったか、どうしても思い出せなかった。たまらなくなって、とうとう私は叫んだ。

「そんなこと、どっちだっていいじゃないの！」

「ほんとうのことを言ってるのなら、どっちでもいいんだがね」

「どうしてほんとうのことを言ってないと思うのさ？」

「へただからだよ」

「なにが？」

「嘘《うそ》をつくことがね」

見破られた！

祖父は、ここで、嘘つきの心得を手ほどきしてくれた。

「いいかい、嘘をつこうと思う者は、まず記憶力がよくなくちゃいけない。嘘はなかなかおもしろいものだよ。嘘そのものに命はない。だから、言った人間からそれをもらうしかないのさ。そもそも人間は、嘘《うそ》を言うことでその嘘に命をやる。そうして、それを生かしておくためにまた別の嘘を言うはめになる。やっかいなことに、言った嘘は全部覚えておかなくちゃならない。嘘に命をやるのは、その嘘を言った人間だ。そして、言った人間だけがその嘘を生かしておけるんだよ。ところが、ほんとうのことにはそれ自身の命がある。それは永久に生きつづけるし、永久に変わらない。ほんとうのことに関するかぎり、わしらはなにも覚えていなくていいんだ。

さて、ハニバル、おまえはほんとうのことを言ったのかい？」

私はほんとうのことを言わなかった。そのことを深く恥じた。とうとう、私はきのうのことを全部白状した。驚いたことに、祖父は私をひざに抱きあげると、「正直に話せたとはうれしい。りっぱだぞ」と言った。

それからまじめな顔で、「ジャクソンさんにお詫《わ》びを言うんだよ。わかったね？」と念を押した。そして、私がすっかりしょげているのを見て、笑いだした。つられて私も笑った。すると、祖父はとても信じられないようなことを言った――「わしなんぞ、子どものころはもっと悪いことをしたものだ」最後に、祖父は私の頭をなでながら、「さ、愉快に遊んでおいで」と言った。

だが、私が出ていきかけると、もういちど真顔で呼びとめた。「二度と嘘《うそ》を言うんじゃない。嘘と嘘つきの関係は、アル中と酒のようなものだ。いいかい、ハニバル、正直者の値打ちはね、正直を通すところにあるんだ。ほんのぽっちり嘘を言えば楽ができると思うようなときでも、それを言ったらおしまいだ。おまえの〈正直〉を手放すんじゃないぞ」

The Mourning Dove

第7章

ハロウィーンの夜に

ハロウィーンが近づくと、そわそわした空気がただよいはじめた。

私はぼろを着た山男になることにきめた。祖父もおもしろがって、昔かぶったフェルト帽を出してくると、ぼろ帽子の作り方を伝授してくれた。まず、バンドをはがし、水にどっぷり漬ける。次に、ほうきの柄の先っちょにずぶぬれの帽子をかぶせる。つばを下に向けてぐいぐいひっぱる。これで、とんがり帽子の形になった。最後にもういちど思いきりひっぱるとてっぺんに穴があいた。かぶって、目までひきおろしてみた。なんだか、すごいのっぽになったような気がした。仕上げは穴のあいたリーバイスのジーンズと赤いチェックのシャツ。首にはバンダナをまいた。靴をはかないほうが似合ってると思ったが、祖父は、はだしはやめなさい、と言った。

六時になるとチャーリーが来た。彼は頭に鉄棒を突きさされた血まみれの怪物に化けていた。ふたりならんで祖父に写真を撮ってもらうと、五分後には、もらったお菓子を入れるためのまくらカバーをつかんでとびだした。じつはチャーリーはある悪さをたくらんでいたのだが、私がそれを知ったのは、デイヴィーズ家の納屋の近くまで行ってからだ。

「ここで待ってろ、すぐもどってくるから」と言ったかと思うと、チャーリーは、有刺鉄線のフェンスをくぐり、納屋に向かって走っていった。じきに、ふくらんだ紙袋と液体入りの瓶を持ってもどってきて、干上がった灌漑《かんがい》用水路のほうを身振りで指した。

水路におり、だれにも見られていないのをたしかめてから、チャーリーは紙袋の口を開けてみせた。私は思わず叫んだ。

「うっ、汚い！」

袋のなかみは、なまあたたかい牛の糞《ふん》だった。

「こんなもの、どうするのさ？」

「しーっ！　今にわかる」

チャーリーは木立ちに隠れるようにして歩きだした。私は、これはまずいと思いながらも好奇心をそそられてついていった。柵《さく》をめぐらした家の前まで来ると、チャーリーはしゃがんで手招きし、家を指さして、「ジャクソンじじいの家だ」と言った。

「ジャクソンさんはまずいよ！　やめようよ！」

私は反対した。

「あいつ、おれの背中をどついたんだぜ。仕返しだ」

チャーリーはすごんだ。

「手を貸せよ、な？」

「どうやって？」

「ふたりして玄関まで行くんだ——お菓子をもらいに来たふりをしてさ。戸口に牛の糞《ふん》をぶちまけるから、そいつにこのガソリンをぶっかけな。おれが火をつける」

「待ってよ！　ガソリン、どっから持ってきたの？」

「かっぱらってきたのさ、あったりまえよ」

チャーリーは自慢した。

「どこから？」

「どこからだっていいだろ！　かっぱらいなんか、おれ、年じゅうやってらあ」

私は頭をがーんとなぐられたような気がした。

「嘘《うそ》だ！　そんなことしてるとこ、見たことないもん」

「そうかよ。けど、おまえらが学校へ行ってるあいだ、おれがなにしてると思う？　おやじとやってんだ。おやじが下見に行く。もどってきて、これこれを持ってきなっておれに言いつける。おれが盗《と》ってくる。そうすっとおやじが金をくれるんだ。おもしれえぜ！おい、手伝うのか、手伝わねえのか？」

私は首を横に振った。チャーリーは、「意気地なし！」とののしった。だが、私は自分が意気地なしではないのを知っていた。

チャーリーは、ひとりでジャクソン氏の家まで走っていった。そして、玄関に紙袋を置き、ガソリンをかけ、マッチをすって火をつけると、呼び鈴を押して隠れた。すぐさま、戸口にジャクソン氏の姿があらわれた。ジャクソン氏は、燃えている紙袋を見ると、踏んづけて消しはじめた。袋のなかみが飛びちり、彼のズボンも、玄関口も牛の糞《ふん》だらけになった。

チャーリーは死ぬほど笑ったが、私は怖くて死にそうだった。早く逃げなくちゃ！　私は彼の手をひっぱった。

「チャーリー、来いよ！」
二、三軒まわってキャンディをもらうと、私の家の近くにもどってきた。私はチャーリーに言った。
「ぼくんちで、ちょっとあったまろう」

チャーリーはついてきたが、まだ笑いがとまらない。

「静かにしてよ！　ポップに聞かれちゃうじゃないか！」

だが、祖父は留守で、〈ちょっと出かけるがすぐもどる〉と置き手紙がしてあった。火のそばで暖まりながら、チャーリーはもらったキャンディをかぞえはじめた。私は、ジャクソン氏が追いかけてくるかと思うと気もそぞろで、そわそわと部屋のブラインドをおろし、戸口の明かりも部屋の明かりも消してしまった。チャーリーは、だれのしわざかわかるわけない、おれたちがどっちへ逃げたかだってわからないさ、と平然としていたが、私は安心できなかった。

突然、地下のボイラーがあえぐような音をたてた。チャーリーも私もぞっとしてすわりなおした。遠くで、子どもたちが叫んでいる。「お菓子をくれないと、いたずらすーるーぞーっ！」

暖炉の火がゆれると壁の影もゆらめいて、不吉な感じがした。チャーリーも私も、怖くて動けない。風で裏口の網戸があおられ、すごい音で閉まった。木の枝が窓ガラスをこする。その音は、黒板に爪を立ててひっかいたときのような気持ちの悪い音だった。

枝の折れる音がした。チャーリーと私は無言でうずくまった。

「ジャクソンさんだ！」と私がささやいた。

「ちがうって！　おれ、見られるまえに逃げたもん。見られてないって！」

「ついてきたんだよ、ぜったい」

外にいるのがジャクソン氏かどうかたしかめたければ、方法はひとつしかなかった。

「ここにいて。裏口から出て、こっち側までまわって、見てくるから」

勇敢なはずのチャーリーは反対しなかった。部屋のすみでちぢこまっている彼を横目で見ながら、私は腰をかがめて裏口へと進んでいった。古くてさびついた網戸は戸口の柱の鉤《かぎ》にスプリング一本でとめてあるだけで、ちょっと動かしてもギシギシ音がしたが、表口から出るのが嫌ならそこから出るしかなかった。

そろそろと網戸を開けた。蝶《ちょう》つがいもスプリングも、嫌な音をたてた。そこから出るだけで何時間もかかったような気がした。抜き足差し足で表へまわり、とちゅうから腹這《はらば》いになる。戸口が見えた。だれか隠れていないか？　居間の窓の下の植えこみがじゃまになって、よく見えない。聞き耳を立ててみた。だいじょうぶだ、だれもいない！　ほっとしたが、もどりも忍び足で歩いた。

怪しい者はいなかったと聞いて、チャーリーも安心するだろう。そう思いながら居間に入っていったが、入ったとたんに足がふにゃふにゃになった。チャーリーが暖炉の上のあの箱をおろしていたのだ。

「もどしてよ！」

私は彼に向かって突進した。

「カリカリするな」

彼は箱と私の間に立ちはだかった。

「なんてことないじゃないか、のぞいてみるくらい。チャンスだぜ」

それもそうだ。そう思ったのが運のつきだった。チャーリーの言うとおりかもしれない。こんなチャンスがまためぐってくるなんて、ありっこない。そうだ、ぼくだって、中の宝物を見たかったんだ。ちょっと見るだけなら、そして、すぐにもとにもどしておくなら、ちっとも悪くないや。

こう考えることで、私はまたしても心の中で嘘《うそ》を育てていたのだ。祖父の言ったとおり、嘘は中毒になる。一度生まれると、どんどんふくれあがっていくのが嘘というものなのだ。

条件つきで承知するなら、かんたんに承知するよりはましかもしれないという気がした。そこで、私はもったいをつけてこう言った。

「わかった。ぼくが開けるから、そっちで見ててよ」

チャーリーは箱を私によこした。

ちらっと、ぼくらは悪いことをしてる、と思ったが、次の瞬間には胸が躍った。金色の留め金をはずし、ふたをそっと持ちあげた。中には一枚の古い写真が入っていた。それは、オーバーオール姿の青年が、灌漑《かんがい》用のゴム長をはき、シャベルを持って、赤いペンキを塗った納屋の前に立っている写真だった。

「下に隠してあるんじゃないのか?」とチャーリーが言った。私もそんな気がした。写真をどけると、はたして鍵穴が見えた。下も物入れになっていたのだ。

「開けてみようぜ」チャーリーがせきたてた。

「鍵がないもん」

私は箱の外側や底、ふたの内側を調べてみた。

「宝物はその下なんだ」チャーリーが大声を出した。「おまえの祖父《じい》ちゃん、鍵をどこに置いたと思う?」

どこだろう? 思いつくまえに、窓をひっかくような音がした。はっとして、私はがわる指さした。外を見てみなよ、というように。チャーリーはてこでも動きそうにない。

「しゃがめ!」とチャーリーに合図をした。ふたりでしゃがみ、互いの顔と窓とをかわるそんなら、ぼくが見るしかない……。

私はそろりそろりと窓に近づき、ほんの少しカーテンを開けた。とたんに、体がしびれたようになり、しゃがんでしまった。窓の外にチャーリーの父親が立っていたのだ。彼の目は、私に、というよりあの箱にくぎづけになっていた。そのとき、祖父のトラックのライトが近づいてきた。ベネット氏は夜の闇に消えた。

チャーリーは裏口から逃げ、私はやっとのことで、箱に写真をもどし、留め金をかけ、思いっきり背のびをして箱をもとの場所に置いた。祖父が入ってきた。私は、だいじな箱を開けてみたと白状したかった。ベネット氏に見られたことも言いたかった。ところが、言葉がのどでつかえ、どうしても口から出てこない。こんどこそ、とても悪いことをした。それがわかっていながら、私はなにも言わないでおくことにきめたのだ。自分のした悪事を隠して、知らん顔をする——これこそ最悪の嘘《うそ》なのに。

The Mourning Dove

第8章

チャーリー

愛されたいばかりに悪の道に走ってしまう――そんな哀れな人が世の中には大勢いる。夏のあいだいっしょにあれほど楽しく遊んだチャーリーは、だんだん別人になっていった。いつだったか、祖父がこんなことを言った。「愛は飢えた魂の食べ物だ。だから、みんなほしくて必死になるんだよ」

チャーリーも例外ではなく、ひとりぼっちの寂しさから悲しいゲームにのめりこんでいった。うまくいけば父親から目をかけてもらえる、という勝ち目のないゲームに。実際、それははかない賭《か》けでしかなかった。ほんのひとこと父親のほめ言葉が聞きたいばかりに、チャーリーは盗みを覚え、嘘《うそ》をつくこともだますことも覚えた。

だが、結局のところ、それは父親のだらしない生き方を助長したにすぎない。六月のあの日、私が巣の中に置いてきたヒナはえさを求めて啼《な》いていた。チャーリーも魂の糧を死にものぐるいで求めていた。ところが、求めるものは手に入らず、彼の魂は毎日少しずつ死んでいった。

私は彼が嫌いになったわけではない。とはいえ、彼の言うままになりたくもなかった。彼はしだいに遊びに来なくなり、ふたりが別々の道を歩きはじめたことは日を追うにつれてあきらかになっていった。私がチャーリーに近寄らなくなった理由はほかにもある。チャーリーもベネット氏もあの箱を見た。ふたりともあの中に宝物があるのを知っている。それを思い出すたびに、胸のどこかが締めつけられるような気がした。チャーリーは盗みの常習犯だ……。おまけにそれを自慢にしている……。まさか友だちのぼくからなにか盗むなんて……。だけど、ひょっとしたら……?

その暗い予想はあたり、それから一カ月ほどして、チャーリーと私は悲しくもみじめな経験をともにすることになる。

十二月に入ると急に気温がさがり、ボイジにもうっすら雪が積もった。クリスマスの飾りが目につきはじめ、どこへ行ってもクリスマスの曲が流れていた。もうじき、クリスマスだ！　モップやブラシの売れ行きがよくなり、祖父はいそがしくなった。クリスマスだからモップをプレゼントにしようという人もなかにはいたろうが、たいがいは、きびしい冬にそなえて頑丈な新品を買っておきたい人がお客さんだったと思う。学校が早くひける日は私もいっしょに売りに行き、そうでない日は留守番をした。

冬の日暮れは早い。暗くなってからひとりでいるのは心細いものだ。毛布にくるまり、ちらちら燃える暖炉の火を見つめながら祖父の帰りを待っていると、南部なまりの祖父の声が、それまでに聞いたいろんな話をまた語ってくれているように思えた。

暖炉の上のあの箱には、あれ以来さわってもいなかった。地下室のボイラーからは、あいかわらず人間のため息のような気味悪い音が洩《も》れ、ひとりでいるとよけい怖かった。

一九五九年のクリスマスイブ、私はひとりで家にいた。その日祖父は、「今日はエメットまで売りに行くんだよ。帰りにクリスマスツリーを持ってくるから、そうしたら、いっしょに飾りつけをしよう。家をきれいにしておいてくれるかい？」と言って、朝早く出かけていった。私は掃除をし、明日のプレゼントを作り、コーンブレッドとミルクのアーカンソー・メニューの夕食を用意した。ポップがうまいと言ってくれるといいけどな……。

祖父とふたりでポップコーンを糸でつないだのや、紙を切って鎖のようにつないだのを、あちこちにかけたので、家の中はクリスマスらしくなっていた。父母をなくした孫が、この家で迎える最初のクリスマスを楽しいものにしてやろう、という祖父の心くばりだったのだろう。もうじきポップが帰ってくるぞ、火を燃やしておこう……。私はたきつけに手をのばした。

暖炉に火が燃えはじめ、毛布にくるまったそのときだ。ボイラー室で聞きなれない音がした。私はびくっとして立ちあがり、耳を澄ました。また、おなじような音が聞こえた。こんどの音はもっと大きかった。泥棒……やっぱりだ！

私は地下室への降り口まで、そろそろとひざでにじり寄っていった。なにひとつ聞きのがすまいと耳をそばだてながら。半開きになっていた降り口の戸の後ろに体をすべりこませ、柱と戸のわずかなすきまからのぞいてみると、地下室の暗闇の遠いすみに懐中電灯の光がさしこんでいる。

突然、鋭くきしる音がした。私は思わず棒立ちになり、壁に背中を押しつけた。下の窓をこじ開けようとしてるんだ！

じっと聞いていると、ささやき声が言った。

「ぐっと押せ！　開けるんだ！」

「開かねえよ！　さびついてるんだ！」

「くそ！　そのかなてこをよこせ！」

耳ざわりな金属音がした。

「もうちょいだ。よし、おめえならもぐりこめる。足から突っこめ。そら、とびおりろってんだ！」

「むりだよ。この窓、高いんだ。足の骨が折れちまう！」

「首の骨をへし折られてえか、この野郎！　行け、チャーリー！」

チャーリー！　私は茫然《ぼうぜん》とした。親友がぼくの家に泥棒に入ろうとしている！　目当てはなにか、わかっていた。ポップ、早く帰ってきて！　私は心の中で悲鳴をあげた。

またチャーリーの声が聞こえた。

「見られたら？　中にだれかいるかもしれねえぜ」

「びびるな。朝っから車がねえんだ」

重いものが落ちる音と、バケツかなにかのころがる音が続いた。

「おい、チャーリー、なんの音だ?」

「ペンキの缶だよ。暗くてよく見えねえけど。おれはだいじょうぶだ」

「よし。そこの戸を開けろ」

チャーリーはこんどは文句を言わず、しばらく手探りした末、かんぬきをはずして、戸を押しあけた。

「外で隠れて見張ってろ」

父親の言いつけどおり、チャーリーは寒い夜の闇へと出ていった。

ベネット氏が段の下まで来た。窓をこじ開けるのに使ったかなてこをにぎりしめ、振りぐあいをためしながら。目当ては暖炉の上のあの箱だ。中に入っている宝物をなにがなんでも盗《と》っていくつもりなのだ。盗みは悪いことだとか、盗んだらどうなるとか、そんなことはいっさい頭からすっぽぬけているらしかった。

だが、あれこれ考えているひまはなかった。心臓がドキドキと音をたてた。もしも今ポップが帰ってきたら、かっとなったベネットさんに殺されてしまう！ ベネット氏が忍び足で登ってきた。私は戸の後ろで息をひそめていた。それしかできなかった。

上まで登ってきたベネット氏は、箱のありかを探しているらしく、居間を見まわした。もしもほんのちょっと左を見たら、三十センチと離れていないところに私のおびえた目を発見したにちがいない。嫌な体臭がすぐそばにいる私の鼻をついた。酒くさい息の臭《にお》いもした。私はひたすらじっとしていた。まばたきをしても見つかってしまう、見つかったらおしまいだ、と思いながら。

ベネット氏はすぐに暖炉を見つけ、そちらに近寄っていった。私は悟った――逃げるなら地下室へおりていくしかない、身を守るにはポップの銃に頼るしかない、と。

ベネット氏は、暖炉の棚からあの箱を取ろうとしていた。それを目の端で見ながら、私は隠れていた戸の後ろからそろそろと出た。おろした箱を彼が調べているすきに、静かに段をおりた。怖くてたまらなかった。ひょっとしたら殺されるかもしれない。そんな経験は初めてだった。

そのとき、外で聞きなれた音がした。ポップのトラックだ！　どうしよう！　こんどこそ目の前が真っ暗になった。居間は一瞬しんとしたが、すぐにベネット氏の足音が地下への降り口に近づいてきた。われながらよくあんなことがやれたものだと思うが、私は無我むちゅうで祖父の銃を取りだし、銃口を段の上に向けて待った。銃には弾丸が入っていなかった。

ベネット氏が下から二段めまでおりてきたとき、私はありったけの勇気をかき集めて叫んだ。

「動くな！　銃を持ってるんだから！」

ベネット氏はぴたりと立ちどまった。

「だれだ？」

彼は闇をすかしてこちらを見た。

「だれだっていいから、箱を下に置いてよ」私の声は震えていた。「置かないと、撃つよ」

「なんだ、ハニバルじゃねえか」

ベネット氏は急になれなれしい声を出した。

「そ、そう。ポップの箱を持ってっちゃ、だめ。下に置いてよ」

「こりゃ、驚いた。持ってくつもりなんかねえよ。ちょっくら見せてもらおうと思っただけさ」

ベネット氏の口から、汚い膿《うみ》でも流れでるように嘘《うそ》が出てきた。

「今、銃がどうとか言ったな？」

「銃を持ってるって言ったんだ。使い方も知ってる！」

「ほう、ちょっと見せてみな」

ベネット氏は抜け目なかった。だが、私を手なずけようという魂胆は見えすいていたから、私は、物陰から出ようとしなかった。

ベネット氏は、ちょっと右に動いた。

「おっ、そこにいたのか」

私はあとずさりをして体をちぢめ、銃の重みに負けまいと腕に力を入れ、銃口を彼に向けつづけた。

「ふーん、りっぱな銃じゃねえか」

ベネット氏はお世辞を言いながら、じりじりと近寄ってきた。

「こっちに来るな！」私は叫んだ。「箱を下に置け！」

子どもに命令されて、ベネット氏はいらだった。

「おれらは友だちじゃねえのか？　おめえはおれんちに遊びに来る。おれの息子と遊ぶ。おれはおめえを息子同然にあつかってきた。おれに銃なんぞ突きつけて、いいのかよ？　くだらねえ箱のことなんかでいちゃもんつけやがって。ひでえじゃねえか、え？」

ベネット氏は、さらに、私が聞いたこともないような悪態をつきちらした。

私はもういちど勇気を奮いおこした。

「箱を置いて、出てって！」

そのとき、外から私を呼ぶ祖父の声が聞こえた。ツリーを中に入れるから、表の戸を開けてほしいと呼んでいるのだ。

「銃を捨てろ！」ベネット氏が低い声でおどした。「捨てないと、祖父《じい》さんを殺すぞ！　おめえも殺すからな！」

私は震えながらも彼に銃口を向けつづけた。ベネット氏はそわそわと段を見上げ、私を見て、「撃つ度胸なんぞおめえにあるかってんだ」とあざけった。「そいつをよこしな」

祖父がまた呼んだ。

「おーい、ハニバル！　手伝ってくれよ！」

それで肚《はら》をきめたのか、ベネット氏は、「野郎！　よこせと言ったらよこせ！」とどなりながら、くるったようにかなてこを振りあげ、とびかかってきた。

私はむちゅうでベネット氏に向かって銃を投げつけた。さすがの彼もそれは計算していなかったらしい。銃身が彼ののどを突いた。彼は落ちた銃の銃床につまずき、ぶざまなかっこうで床にころがった。私は落ちた箱をすばやく拾うと、暗いすみにちぢこまった。

また、祖父が呼んだ。こんどはドアを叩《たた》きながら。

ベネット氏は苦しそうにあえぎ、せきこみながら、床をころげまわっている。上に行きたければ、その体をまたぐしかない。そんな大胆なことができるだろうか？　私の目に涙があふれた。

思いきってまたいだ。そして、段を駆けのぼろうとした。だが、左足が二段めにかからないうちに右足をぐっとつかまれ、つんのめった。振りむくと、ベネット氏の手袋をはめた手が足首をつかんでいた。

「ちくしょう、殺してやる！」

このあとに、口汚ない罵《ののし》り言葉が続いた。怖さと痛さで悲鳴をあげながら、私は必死でもがいた。逃げなくちゃ！　だけど、だめだ！　突然、ドスッという衝撃音がした。同時に、足が自由になった。私はむちゅうで段を登った。後ろでベネット氏がうめいた。

「ハニバル、逃げろ！」

闇の中から声がした。見ると、チャーリーが角材をにぎって立っていた。「早く！」と言ったかと思うと、チャーリーはもういなかった。

The Mourning Dove

第9章

ナゲキバト

生きていると、さまざまなことがある。とんでもないできごとにまきこまれたとき、人は激流に投げこまれた小さな石ころのような気分を味わうものだ。石ころは最初は流れにもまれ、あちこちに叩《たた》きつけられながら押しながされるが、やがて流れのゆるやかな水底に居場所を見つけるだろう。そのころには叩きつけられた痛みも消え、なめらかな丸石になり、水もこんどは静かに石の上を流れていくにちがいない。

それから二時間ほど、家の中は大混乱だった。私はいつまでも体の震えがとまらず、祖父の腕に抱かれながら、半泣きで一部始終を警官に話した。チャーリーの父親が手錠をかけられ、包帯をまかれて地下室から連れだされ、警察に連行されていった。チャーリーも別の車で連れていかれた。

だれもいなくなってから、私は小さな声で祖父にきいた。

「ぼく、牢屋《ろうや》に入れられない？」

「入れられないとも。だいじょうぶだよ」

祖父は驚いた顔で私を見た。

「どうしてそんなことを言うんだね？」

「だって、ぼくが悪かったんだもの。ぼくがチャーリーにあの箱を見せたからだよ。見せなかったら、こんなことにならなかった。ぼくも、悪いことをしたんだ。それでも牢屋に入れられない？」

祖父は、幼い孫の胸が後悔と不安でつぶれそうになっているのを見てとった。

「悪いのは、欲張りなことを思いついたチャーリーのお父っつぁんだよ」

「だけど、ぼくも悪いことをいっぱいやった。こんなの、もう嫌だ。ぼくは悪い子だ。いい子になれるかどうか、わかんないや」

おおげさに聞こえるかもしれないが、そのときは心の底からそう思ったのだ。自分にはなにひとつ、いいところがない――そんな気持ちだった。暗く寂しい霧の中に閉じこめられたような気がした。自分のした悪いことをひとつひとつ思い出し、思い出すにつれて心はますます沈んだ。ポップはぼくをいい子にしようとしていろいろやってくれた。それなのに、こんなどうしようもない子になってしまった……。

「ポップ、お兄さんに牢屋《ろうや》から出してもらった弟の話、覚えてる?」

私は、自分の気持ちをわかってもらおうとして、いつかの話を持ちだした。

「あの弟がぼくだったら、お兄さんに牢屋から出してもらえなかったよ」

祖父は私を床にすわらせ、毛布でくるんだ。

「そう思うのも今はむりないよ。よくわかる。だがね、ハニバル、おまえはほんとはとってもいい子だ。とってもだいじな、いい子だよ。そのことを忘れちゃいけない」

私は、そんなのちがう、と言いかけたが、祖父は先を続けた。

「まあ、聞きなさい。あの話の続きをしてやろう」

――弟は、牢屋から出してもらってありがたいと思いながらも、恥ずかしくてたまらなかった。独房に入れられていた自分が、兄の目にどう映ったかと思ってね。そこで、おとなしく兄について帰郷の途についたが、道すがら、下を向いたきりひとことも口をきかなかった。ほこりっぽい道の向こうに日が沈もうとするころ、古いわが家が見えてきた。遠くの畑で父親が働いていた。父親には息子たちがまだ見えていなかった。

「家に入って、なにか食べるといい」と、兄は弟に言った。「お父さんもじきにもどってきなさるから」

「恥ずかしくて、とてもだめだ。とても顔向けできない」

弟は、納屋のほうへと歩きだした。兄も弟についていった。

「そう言わないで、入るんだ。お父さんは、おまえをとてもだいじに思っていなさる。わたしだってそうだよ。お父さんもわたしも、おまえが家に帰ってくるのを待っていた。それでいいじゃないか。あとのことは、もうどうでもいい」

納屋の中は、薄暗く、涼しかった。弟は、新しく敷いたばかりの藁《わら》に身を投げだして泣いた。兄はカンテラをともし、弟のそば近くにあぐらをかいた。やがて、弟は顔を上げて兄を見た。

「恥ずかしいよ、まったく。おれは兄さんに助けてもらった。この恩をどうやって返したらいいだろう？」

「ときどき思い出してくれたら、それでじゅうぶんだよ」と兄は答えた。

「思い出す？」良心の呵責《かしゃく》が焼け火箸《ひばし》のように弟の胸に突きささった。「思い出すとも！　おれが迷惑ばかりかけてきたってことをね。忘れられるものか」

弟は、さらに、自分がどれほどおろかだったか、どれほど自分勝手だったかを思った。過去の自分の生きざまが、まるで傷をこじあけるように目の前にさらけだされた。弟はくるったようにカンテラをつかみ、「兄さん、見ないでくれ、薄よごれたおれの面なんか！」と叫びながら、納屋の壁に投げつけた。

乾ききった古い板壁にぼっと火がついた。垂れた油づたいに、炎が信じられないほどの速さで走り、藁《わら》も、かいば桶《おけ》も燃えはじめた。兄と弟は上着を脱ぐと、それで火を叩《たた》いてまわった。だが、炎はますます高いところへ這《は》いのぼり、熱気が立ちこめ、納屋は煙でいっぱいになった。

畑で働いていた父親は、納屋の窓と戸口から黒い煙がもくもく出ているのに気づき、鍬《くわ》を投げすてて走った。納屋の中では、ふたりの息子が死にものぐるいで火と闘っていた。ついに、下の息子は息ができなくなって気を失った。上の息子は、火を消すことなどとてもできないと見切りをつけ、弟のそばに走りよると、腕をつかんで戸口のほうへとひきずっていった。

いっぽう納屋の戸口まで来た父親は、燃えさかる火の向こうに息子たちの姿を見て、「しっかりしろ！」と叫んだ。だが、上の息子も、息ができなくなって力つき、倒れてしまった。

父親は、何度も何度も炎の中に駆けこもうとしたが、そのたびに熱気に押しもどされ、くるったように息子たちの名を呼んだ。けれども、返事はない。そのとき、納屋全体がゴウッという音を発した。見上げると、屋根が崩れおちようとしていた。燃えてゆがんだ柱と壁が屋根の重みを支えきれなくなったのだ。

父親は、外の柵《さく》にかけてあった馬用の毛布をひっつかみ、家畜の飲み水をためてある水槽にどっぷりと漬け、ひきあげると体にまきつけた。そして、よろめきながら納屋の中に突進した。熱気で、とても立っていられない。すぐにひざをついてしまったが、それでも這《は》っていった。煙でなにも見えず、手探りで進むしかなかった。息子のひとりを探りあてた。近くにもうひとりもいた。

父親は涙をぬぐって息子たちの顔をのぞきこんだ。突然、火柱が屋根を突きぬけ、燃えている板切れが雨のように降ってきた。屋根にできた火の穴の周辺がなだれ落ちようとしていた。もはや、息子ひとりを助ける時間しか残っていない。だが、どちらを助けよう？どちらを生かし、どちらを死なせるのか？　その判断は人間にできるものではなかった。父親は叫んだ——「天なる神よ、助けてください！」そして、ぐったりとなった息子のひとりをつかみ、力のかぎりひきずって、ひんやりとした外の闇に出た。後ろで、納屋が炎とともに崩れおちた。

＊

祖父の声がとぎれた。私は茫然《ぼうぜん》としていた。暖炉の薪《まき》がはじけながら静かに燃え、祖父の揺りいすがゆれている。けれども、耳には納屋の焼けおちる音がまだ聞こえていた。しばらくして、部屋の中がとても暗いのに気がついた。それでも、ふたりとも明かりをつけに立とうとせず、暖炉に薪《まき》をたそうともしなかった。私は話の続きを待った。頭の中は今聞いた話でいっぱいだった。焼け死んだ息子がかわいそうでたまらなかった。

揺りいすの下で古い床板がきしんだ。私はしびれた足をそっと動かした。お話がこれで終わりだなんて、そんなはずない……。

私は祖父の顔を見た。祖父はだまっていすをゆすっていた。暖炉の薪の小さな炎を見つめながら。

「ポップ？」呼んでみたが、返事はない。「ねえ、続きを聞かせてよ。そのお父さんは、どっちの息子を助けたの？」

私は祖父のひざに手を置いた。祖父ははっとしたように身動きをした。その顔を私は見上げた。祖父はちょっとまゆを上げて私を見返した。

「なにか言ったかい？」

「そのお父さんは、どっちの息子を助けたの？」私はまえより大きい声でたずねた。

祖父は天井に目をやり、またゆっくりいすをゆすりはじめた。

「どっちでもいいんじゃないかい？　父親はひとりの命を助けたんだ。そして、その命は自分の息子のものだったんだから」

「どっちでもいいなんて、そんなことないよ！　おしまいまで話してくれなくちゃ、お話を聞いたって気がしない。ねえ、とちゅうでやめないでよ！」

「ハニバル、おまえだったら、どういうふうにおしまいにするね？」

「ポップったら、からかってるんだね！　ひどいよ！」

祖父はいすをゆするのをやめ、私のほうに身をかがめた。

「からかっているんじゃない。おまえなら、このお話をどうしめくくるかね？　もしもこの父親のような選択をしなくちゃいけなくなったら、どんな気持ちがすると思うかい？　いつかおまえにも子どもが生まれるだろう。よく聞いておきなさい、ハニバル。その子たちがなにをしようが、どの子のことも、おまえは命とひきかえにしてもいいくらい、だいじに思うにちがいないよ」

祖父の声は、私の胸に静かにしみていった。ふたりとも、しばらくだまっていた。

「おまえも、この父親と似たような立場に立たされたことが、あったと思うがね」

私はちょっと胸がつまった。目をつぶると、ヒナのやわらかい羽毛が見え、火薬の臭《にお》いがした。

「あのとき、なにを思ったか、言えるかい？」

それは思い出したくないことだった。けど、ポップは、思い出してごらんと言っている……。これまでだって何度も思い出し、そのたびに泣きたくなったくらいなのに……。部屋が暗かったおかげで、話す勇気が出たのかもしれない。闇は、自分と、現実や恥ずべきこととの間に、ほんの少し距離を作ってくれるものだ。

「あのヒナのこと？」

それは質問ではなかった。あのヒナのことなのはわかっていた。

「あのときと今のお話はちょっとちがうよ。だって……ほら、ヒナはどっちも悪くなかったもの」話しはじめてみると、胸がいっぱいになり、とてもすらすら話せるものではなかった。「どっちのヒナも、やわらかい羽毛が生えてたよ」

涙があふれてきた。でも、ポップはじっと待っている。やめるわけにはいかなかった。

「ぼくね、これくらいなんでもないって気持ちでやってしまっちゃいけないと思ったの。

ヒナたちに、ぼくの気持ちを知ってもらいたいと思ったんだよ」

「どんな気持ちがしたんだね？」

私はしゃくりあげた。話すのがますます苦しくなり、小さな声でやっと言った。

「ヒナたちに、言ったの。どっちのヒナにもね。手に持ってたほう……殺そうとしてたほうのヒナだけど……ポップ、あのヒナ、首をのばして、口を開けたよ！　ぼくがえさをくれると思ったんだよ！　ぼくになにをされるかも知らないで！」

「ハニバル、そのヒナに、なんと言ったのかね？」

「ごめんよって。ほんとに、すまないと思ったよ。だけど、ヒナにはわかんなかったと思う。わかるわけ、ないよね。自分が巣から拾いあげられたのは、殺されるためだなんて。もう一羽には、さわらなかった。手の臭《にお》いをつけちゃいけないと思ったから。父さんバトが人間の手の臭いを怖がるかもしれないでしょ」

「それは賢い判断だったよ、ハニバル」

「巣に残したヒナには、こう言ったんだ――死ぬんじゃない、大きくなって、元気に歌ったり、飛んだりしてよ――って」

話しながら、私はもうおいおい泣いていた。ちっぽけなヒナにそんなことを言うとはおかしなやつだとポップに思われないか——そんなことは頭になかった。祖父はなにも言わずに、だまって聞いていた。

気持ちが少し落ち着くと、まえから思っていたことをもうひとつだけ口に出した。

「春になったら、あのトウモロコシ畑に行ってみたいよ。あのときのヒナがいるかどうか見たいんだ。若いりっぱなハトになって、結婚相手を見つけて、ヒナが生まれたかどうか……」

ぼくに話をしてくれながらポップが泣いたことなんて、あったっけ……？　自分が泣きながらしゃべっているのが、私は急に恥ずかしくなった。

「こんどは、ポップの番だよ。さっきのお話の続きを聞かせてよ。あのお父さんはどっちの息子を助けたの？」

祖父は私の顔をじっと見ていたが、やがて静かに答えた。

「下の息子だよ。ハニバル、あの父親は上の息子を納屋に置いてきたんだ」

「どうして？」

私は思わず叫んだ。

「どうして？　そんなの、ひどいじゃないか！　お兄さんはなんにも悪くなかったのに。お父さんの望みどおりになんでもした。それなのに、置いてけぼりにされたの？　どうして？」

「ハニバル、父親はひとつのことしか考えていなかったんだよ。息子たちが生きのびてくれるように、それしか考えなかった。それに、あの場合、どっちを愛しているかだけできめることもできなかった。そもそも、どっちもおなじように愛していたんだからね。だから、父親は愛よりも大きなもので判断した。

わかるかい？　生きのびて、生きるということの貴い意味を学ばなくてはならないのは、下の息子のほうだった。下の息子には、この世ですごす時間がもう少し必要だった。生き方を変えられるかどうか、ためしてみるチャンスもね」

窓からさしこむ月の光に祖父の髪が白く光った。そのときの祖父はいつもより年老いて見えた。

突然、私は気づいた——この祖父も永久に生きていてくれるわけではないことに。すると心の底から悲しくなり、彼の顔を見上げた。祖父はじっと火を見つめながら静かにいすをゆすっている。こんなふうにいっしょにすごす晩が、あとどれくらいあるだろう……？ポップのようなお祖父《じい》さんがいて、ぼくはほんとうに幸せだ……。

実際、祖父のいなくなった世界など想像もできなかった。祖父は真の意味で、幼い私を心の暗闇から救いあげてくれたのだ。

「ポップ？」

祖父は私を見た。

「ねえ、教えて。弟はどうなったの？　お父さんの判断はまちがっていなかった？　弟は、いい人になった？」

「彼はチャンスをもらった。だいじなのはそこだよ」

お話は終わったのだ。それ以上きいてもむだだということはわかったが、それでもなおなにか聞きもらしたことがあるような気がした。私はまたしびれてきた足をのばした。涙は乾き、暗い寂しい霧も消えていた。

祖父は立ちあがり、細くなった火に新しい薪《まき》をくべた。火が赤々と燃えはじめた。背中をまげて薪《まき》を動かしている祖父の後ろ姿を、私はじっと見つめた。ぽつりと、祖父が言った。

「まだよくわかっていないようだね？」

わからない、というしるしに私は首を横にふったが、祖父はこちらを見ていなかった。遠くで教会の鐘が鳴りはじめた。私は時計を見た。そうだ、今夜はクリスマスイブだったんだ……。鐘の音のほかはなにも聞こえなかった。静かな夜ふけ、空では星がまたたいていたにちがいない。

私は大昔にもこんな夜があったことを想像してみた。赤ん坊を寝かしつけるひとりの母親の子守り歌が、遠いユダヤの野に流れた夜のことを。そして、いつだったか祖父が、「人間は世界を変えようとして軍隊を動員するが、神がこの世を変えるために送ってよこされたのは、たったひとりの赤ん坊だよ」と言ったのを思い出した。鐘の音は、その赤ん坊が神の約束――愛と希望と喜びの――をたずさえてきたことを告げ知らせていた。

火をかきたてていた祖父が、振りむいて私を見た。その目に涙が光っていた。

そのとき、祖父の首のまわりでなにかがきらめいた。それは、まんなかに割れ目のある丸いペンダントだった。ふたつの半月がひとつに合わさり、そこに一羽のハトが飛んでいた——ひろげた翼に太陽の金色の光をいっぱいに集めて。

訳者あとがき

このお話を最初に訳したときから、はやいもので足かけ十年がたちました。このたび、装い新たに本書が出ることとなり、うれしく思っております。

主人公ハニバルは、九歳のときに交通事故で両親を失い、お祖父《じい》さんに引き取られました。本書は、今は大人になったハニバルが、その年の春からクリスマスまでを振り返る、〈思い出の記〉です。

親をなくしたハニバルは、いろんなことを考えます。父さんと母さんは、ぼくのことをちゃんと覚えてるかな？　嘘《うそ》をついたり、しちゃいけないとわかっていることをしてしまったり、ぼくはほんとに悪い子だ。いい子になんか、なれっこない。

幼い心を悩ませるハニバルに、お祖父さんは、子どもにもわかる言葉でさまざまなことを語って聞かせました。

読者であるわたしたちの胸にも、その教えは温かくしみとおり、強く生きよ、とはげましてくれるように思われます。それにしても、生きるとは、なんとたいへんなことでしょう。そして、なんとすばらしいのでしょう。

そのとおりだよ。苦労なしに生きられたとして、そこにどんな感謝の気持ちが生まれるものか。お祖父《じい》さんは、きっとそう言うにちがいありません。そのお祖父さんには、ある秘めたる過去がありました。最後の最後に、それが明かされます。

本書の原作は、当初、アメリカで自費出版により世に出されました。そして、宣伝をなにひとつしないうちに、人から人へと感動が伝えられ、すぐに三万五千部を完売。やがて大手出版社、ゴールデン・ブックスから、あらためて出版されています。

時代が変わり、暮らしは変わっても、人の心を打つものは変わらない。いつまでも変わることのない静かな感動をおとどけできれば、と願っています。

片岡しのぶ

二〇〇六年三月

The Mourning Dove

ラリー・バークダル
アメリカのユタ州オレム市在住。
家族はエリザベス夫人と10人の子どもがいる。
本書が処女作。出版後の反響が大きく、各地の
講演会に招かれ多忙な毎日を送っている。

片岡しのぶ
和歌山生まれの岩手育ち。
国際基督教大学教養学部卒業。
翻訳工房パディントン&コンパニイを夫と共同主宰。
主な訳書に『種をまく人』『34丁目の奇跡』
（ともにあすなろ書房）など。

ナゲキバト〔新装改訂版〕

2006年４月15日　初版発行
2022年11月10日　10刷発行

著　者／ラリー・バークダル
訳　者／片岡しのぶ
発行人／山浦真一
発行所／あすなろ書房
〒162-0041 東京都新宿区早稲田鶴巻町551-4 電話 03-3203-3350（代表）
ブックデザイン／タカハシデザイン室
印刷所／佐久印刷所
製本所／ナショナル製本

ISBN978-4-7515-2199-1　NDC933　Printed in Japan